彩柏寺の神様見習いたち
元保育士・小森新、あやかし保育に再就職しました！

時田とおる

富士見Ｌ文庫

目次

プロローグ　もうここにはいられない

――もっといいやり方があったのかもしれない。でもその日は、連日の忙しさで疲れていて、頭が働かなかったのだと思う。

新年度の保育士は、どうしたって多忙で疲れる。男性保育士は力仕事を任されることも多い。小森新《こもりあらた》も、四年制大学の幼児教育学科を卒業して三年、業務には慣れたが、この時期の忙しさにはまだ慣れない。

今日は業務が一段落したこともあって、早めに帰ることができた。まだ完全には散っていない桜の花びらが道路に落ち、車の風圧でくるくると舞っている。

(今日は早く帰れたけど、これじゃあすぐに寝ちゃいそうだな。明日《あした》の土曜保育は早番だし……。あ、洗濯しないと、着る物ないかも。まずいな)

そんなことをぼんやり考えながら横断歩道で信号待ちをしていると、隣に男の子が並んだ。新が今年担当することになった保育園の年長クラスよりも、少し年上だろう。

こんな時間に外にいるということは、塾かお稽古《けいこ》事だろうか。男の子は手の平サイズの人気キャラクターのぬいぐるみを撫《な》でている。不意に手からぬいぐるみがすべり落ち、道路に転がり出た。

男の子も咄嗟《とっさ》だったのだろう。道路に飛び出た。信号はまだ赤だ。

「ダメだ！」

辺りは暗くなり始めた頃。視界は悪く、向かってきていたトラックのドライバーが気付くのも遅かった。クラクションとブレーキ音が辺りに響く。

迷うよりも早く、新の身体は動いていた。

気付けば新は男の子の背中を突き飛ばしていた。反対車線から車が来ていたらそれも危なかったのだが、そんなことは考える余裕がなかった。

全身に衝撃が襲いかかり、身体が宙に飛んだ。視界に映るものが妙にゆっくりになる。

（あの子は……？）

視界の端で、男の子がぬいぐるみを抱いて、向こう側の歩道に倒れているのが見えた。立ち上がろうと動いている。怪我はしたかもしれないが、無事のようだ。

（よかった……。いや、よくないのかな……？）

自分の状況がよくわからない。どうしてこんな空中で、ゆっくり景色が流れているのか。

いつの間にか地面に倒れていて、雨も降っていないのに、服が濡《ぬ》れて肌に貼りつく。地面に叩《たた》きつけられ、自分の身体から血が流れているなんて、このときは思いも寄らなかった。指の一本も動かせず、呆然《ぼうぜん》としていた。

身体が熱い。

(熱い……？)

この熱さは、何かに似ている。――そうだ。間違って酒を飲んでしまった時のような、寝落ちする直前のような感覚。

(明日、早番に間に合わないかもしれないな……)

かろうじて、それだけはわかった。

気が遠くなる。悲鳴やクラクションの中、新は意識を失った。

その日は遅番で、新は園児達を園庭で遊ばせていた。

「新先生がトラックに撥《は》ねられたって、本当なんですか？」

転がったボールを追って建物の裏手へ行くと、二階の部屋から同僚達の声が聞こえてきた。その言葉にドキッと心臓が跳ねる。

「重体だったって聞きましたけど、そうは見えないですよね？」

「いくらなんでもおかしいよね。あんな短期間で、後遺症もなく治るはずないし……」

「そこまで重体じゃなかったんですかね？」

「そんなはずないよ、他のクラスの先生が事故現場に居合わせたらしいんだけど、一目でわかるほどひどい状態だったらしいよ。……それに最近、新先生のまわりで、よく物が壊れるじゃない？　遊具とか、手すりとかさ。……その、何か、さ……」

「それこそ偶然ですよー。わざと物壊すような人じゃないですし、あんなの素手で壊そうと思って壊れるもんじゃないですって」

不気味に思われている。あまり驚きはしなかった。新自身、おかしいと思っているのだ。あんな事故に遭ったのに、新はたった三ヶ月で職場に復帰していた。どうして自分は今、後遺症もなく、五体満足でここにいるのか。

今は保育中だ。落ち込んでいる場合ではない。ボールを取って遊んでいた子達に投げ返す。新の近くのブランコでは、女の子が遊んでいた。友だちに呼ばれて手を振ろうとしたのだろう、片手を離した。その瞬間バランスを崩して地面に尻餅《しりもち》をついた。怪我はなさそうだが、手を離したブランコが、女の子の頭に当たりそうになり、新は慌てて駆け寄り、ブランコの鎖を摑《つか》んだ。するとガシャンと一際大きな音がした。

「わっ……と！」

がくんと一気に身体が傾いてよろけた。その手に摑んだものを見る。ブランコの太い鎖があった。まるで新が引き千切ったかのように手の上辺りで切れている。

呆然としていたが、新は我に返って、ブランコが当たりそうになった女の子を見下ろす。

女の子もぽかんとしていたが、新を見ると、顔を引きつらせた。

「せんせい……こわい」

その言葉を聞いた瞬間、新の中で何かが折れた。

もうここにはいられない。

第一章　元保育士と住職と……子狐？

「あ！　玄関掃除してへん！　新《あらた》、お願い！　ついでに庭の花摘んで活《い》けといて！」

「花!?　掃除はできるけど花なんて無理だよ！」

「あかん！　しといて！　もうすぐ住職の方来やんすんやから！」

普段は標準語の新の母も、実家に帰ってくるとS県北部の言葉に戻る。そして今は殺気立っているせいか、三割増しで逆らえない。

新は母方の祖母の七回忌に合わせ、母の実家である伯母《おば》夫婦の家に来ていた。田舎の大きな家を、親戚《しんせき》の人々がバタバタと忙しく動く。みんな、どこか浮き足立っていた。

掃除を終わらせ、庭から小さなひまわりを取ってきて、花瓶に挿してみたが……何か違う。

「うーん、これでいいのかな？　お花なんて活けたことないのに……」

「そうなんか？　悪ないで。ただ、緑が少ないんやろな。この辺に、こういう葉っぱが多いのを入れると、バランスがええかもしれんな。ちょっと直すで」

後ろから手が伸びてきて、葉っぱがついたままのひまわりが差し込まれる。すると、花びらの黄色が際立った。華やかになって、見ていて楽しい。

「あ、ほんとだ！　いいですね！　ありがとうございます！」

「俺もほとんど我流やさかい、よう知らんけどな！」

わははと豪快に笑う声に、やっと彼の方を向く。よく通る低めの声は若かったが、世話を焼くその口調はどこか親戚のおじさんのようだった。だからその人の顔を見て驚いた。

色素の薄い茶色の髪に、透き通るような白い肌。夏の強い日差しが、睫《まつげ》の影をより濃く目元に落としている。新より少しだけ背の高い身体も均整が取れていた。

怖いとさえ形容してもいい眉目《びもく》秀麗な青年だったが、真っ黄色のTシャツにジーンズという出《い》で立《た》ちだった。驚く新を見てにかりと笑うと、美しい顔と派手な格好が妙に似合って、一気に親しみやすくなった。

思わず見とれてしまったが、慌てて笑顔を作る。

（親戚の人……だよね？）

今日ここにいるということは、法事の参列者だろうが、新は見たことがない。誰かと尋ねるか迷っていると、向こうから同じような質問がきた。

「ところで兄ちゃん、ここん家《ち》の親戚？」

「あ、はい。孫の、小森《こもり》新と申します」

「ああ、娘さんの子な。俺も全員は把握してへんねん。すまんすまん」

「いえ。ええと、あなたは……」

新が問い返そうとすると、奥から母親の弾んだ声と足音が聞こえてきた。

「紅鷹《くれたか》くん！」

「おはようございます。ご無沙汰《ぶさた》しております」

彼が玄関の引き戸を閉めて軽く会釈をすると、茶色の髪がさらりと落ちて、金色に近い色に輝いた。

母親はまるで美しい絵画を見つめるような目で彼に見とれ、ほうっとため息を吐く。

「また一段と綺麗《きれい》になって、まあ……。みんなー！　紅鷹くん来たでー！　あっ、どうぞどうぞ上がって。新！　スリッパ用意して、座敷にご案内して！」

「え？　でも、座敷は住職の方が……」

「それが俺やで」

彼はそう言って自分を指差す。その右手には数珠《じゅず》が付けられていた。

彼は微笑み、主に新に向かって自己紹介した。

「彩柏寺《さいはくじ》の十八代目住職、相澤《あいさわ》紅鷹です。他の寺の住職が胃腸炎で来られへんようになったさかい、代理で来ました。ああ、心配せんでも、ちゃーんと着替えるで。外暑すぎてカッターシャツとか着てられへんかったんや。ここは顔なじみやし許してもらおと思て」

そう言っている間にも、親戚の人々が玄関にわらわらと集まってきた。

「こんなイケメンに勧めてもらうやなんて、おばあちゃんも喜ぶわぁ……」

「紅鷹くん！　ええ酒が入ったんや、飲んでくやろ!?」

おじさん達など日本酒の酒瓶を持ってきている。

「めっちゃ飲みたいけど、あかんねん、今日車やし。昼からも予定入ってるさかい、申し訳ないけど終わったら帰らしてもらいます。また今度な！」

「えー！」

老若男女――とはいえ新より若い人はいないが――みんなが声を揃えて残念がる。その声に少し申し訳なさそうに手を上げつつも、彼は愛想の良い笑みを浮かべた。それだけで親戚達は笑い、空気が和やかになる。

（アイドルか何か？……あ！　みんな浮き足立ってたの、この人が来るからかー！）

苦笑いでそう納得した、その直後。

「わあああああ!?」

突然足首の辺りがくすぐったくなって、思わず叫ぶ。足に温かいものがすり寄ってくるような感覚があった。反射的に足元を見ると、一瞬、金色のふわっとしたしっぽが見えた。それは紅鷹の後ろに隠れるように消えた。それを確認する前に、母親から咎《とが》める声がした。

「何やの、大きい声出して。びっくりするやん」

「い、今……何かいなかった？　ネコ、かな……？」

紅鷹の長い脚を包むジーンズ。その足元を見るが、ネコなどいない。彼の背後には玄関の引き戸が閉まっている。隠れられるような場所はなかった。顔を上げると、紅鷹も驚いた顔で新をじっと見つめていた。恥ずかしさでカッと顔が熱くなる。

「す、すみません！　僕の勘違いだったみたいです」

わたわたと紅鷹にスリッパを出して、座敷へ案内する。

（な、何だったんだろう……？　玄関の戸は閉まってたし……）

気のせいだった、というには、まだ足首に温かくてふわふわした感覚が残っている。


時間通りに祖母の七回忌は始まった。室内にいても聞こえてくるセミの声。クーラーの稼働する音。そして室内には、紅鷹の心地よい低音の読経が響く。

紅鷹は七回忌を勤めるために、Yシャツとスラックス、黒い法衣《ほうえ》に着替えていた。その凛《りん》とした背中と、明るい色の髪を見つめる。

（まさかこんな若い人が住職さんだったなん、て…………ん？）

しゅるりと、紅鷹の黒衣から小さな毛束が見えた。次に長いひげの生えた尖《とが》った鼻。目を瞠《みは》る新の前で、金色の毛並みのそれが、紅鷹の腕を伝って肩に乗っている。

（え？　イヌ……いや、もしかしてキツネ……？　いや、というより……）

金色の毛並みの動物。それは小さな子狐に見える。だが、誰も慌てた様子はない。紅鷹の方を見ていても、その肩にいる子狐を誰も見ていない。

（誰も、気付いてない……？　そんな、まさか）

もう一度じっと紅鷹の肩を見ると、子狐の琥珀《こはく》色の瞳《ひとみ》が新に真っ直ぐに向けられた。新が見つめていることに気付いた瞬間、その小さな身体がぴっくりしたようにぴょんと跳び、廊下を駆けて行った。……ガラス戸をすり抜けて。

「えっ……!?」

新が思わず声を上げると、隣で母親が不思議そうにこちらを見てきて、思わず浮かせた腰を戻して何でもないというように首を振った。

（気のせい？　でも今、はっきりと……）

それでも視線はまだ、廊下の先を見つめていた。

その後、七回忌は無事に終わった。いや、これからが親戚達の本番かもしれない。座敷では用意していた食事と酒が振る舞われていたが、新は適当なところで抜けだした。

先ほど駆けて行った子狐は裏庭の方へ向かった気がした。裏庭には大きなツバキの木がある。木の陰にいるような気がして、そちらを見るが、それらしい姿はない。

「やっぱりいない……か」

見間違いだろうか。確かにはっきり、子狐が紅鷹の周りをうろうろしていた。

ふと、小さな『手』がツバキの木の幹の端から見えているのに気付いた。ツバキの木の下を、蝶々《ちょうちょう》が飛んでいく。それを追って、三、四歳ぐらいの男の子が木の陰から出てきた。

可愛らしい顔をした、涼しげな甚平姿の男の子だった。しかし普通の男の子ではない。

「……耳と、しっぽ……？」

金色の髪の間からは、三角の耳がピコピコ動き、お尻《しり》から出ているふわふわのしっぽが上下していた。とても作り物とは思えない。

呆然《ぼうぜん》としていると、蝶々に逃げられた男の子が新に気付いた。ぱちりと目が合う。琥珀色のくりくりした瞳を細めると、男の子は明るく笑った。

「こんにちはーっ！」

その笑顔と元気な声に、新も思わず笑顔になってあいさつを返す。

「こんにちは。元気でいいあいさつだね」

男の子は大きな目をまん丸にした。忙《せわ》しなく動いていた耳もピタリと止まり、しっぽはぶわりと一回り大きくなっている気がした。びっくりさせてしまったかと思ったが、男の子は恥ずかしそうにもじもじしながら、新を見上げてきた。

「あのねえ、コン……こんにちはって、じょーずにいえた？」

「うん。すごく上手だったよ。大きな声で、元気よく言えたね。初めて会う人に元気にあいさつできるなんて、すごいよ」

「えへへぇ〜！　コン、しゅごいっていわれちゃった〜！」

男の子は赤く染まった頬に手を当てて、その顔がとろけそうなほど嬉《うれ》しそうに笑った。物怖《ものお》じしない人懐っこい笑顔が可愛らしい。

「えっと、きみはコンくんってお名前なのかな？　この辺りの子？」

「コンねえ、もっといろんなこと、できるんだよ！　ケンケンパもできる！　みててー！」

子どもにはよくあることだが、聞いていない。親御さんが捜していないだろうか。

（それにしても、この耳やしっぽは……よくできたおもちゃだなぁ）

おもちゃにしては感情をよく表している気がするが、最近は脳波に反応して動く耳やしっぽがあるというし。

（うん、きっとそれだよね……その割には、馴染《なじ》みすぎてるような気がするけど……）

　まだまだ自分が知らないことも多いのだと、無理やり自分を納得させていると、コンが自信満々な顔でケンケンし始めた。が、バランスを崩してよろけた。

「危ないっ！」

　新は叫び、よろけたコンに駆け寄り、背中から抱きかかえるように支えた。

「大丈夫!?」

　そう言ってから、ハッと自分の手元を見下ろす。

（今……痛くなかったかな。大声出したし、怖くなかったかな。力入れすぎて、怪我させてたりしたら……！）

　体中に、暑さのせいだけではない汗が滲《し》み出す。恐る恐る、コンの顔を見る。コンはびっくりした顔で新を見上げた。心臓が不安で飛び跳ねたが、コンはニコッと笑った。

「ありがとぉ！」

　その笑顔と元気そうな様子に、新は心から安堵《あんど》した。

　その時、縁側からよく通る低い声がかかった。

「ここにおったんか」

「くれたかー！」

嬉しそうな声と共に足元に走って来たコンの頭に、紅鷹は握った拳をぽかりと落とした。すでに派手なTシャツとジーンズに着替えている。

「じっとしとれ言うたやろ！」

拳骨《げんこつ》を落とされても、あまり痛くはなかったのか、コンはぷうっと頬を膨らませた。

「やだ！　くれたか、あしょんでくんないもん！　けち！」

「俺かて忙しいんや。だいたい、ついてきたとこで遊べへんていっつも言うてるやろ」

「こっちのニンゲン、あしょんでくれたもーん！」

「こら、指差すな」

紅鷹が新に向けられた人差し指を握り込むと、コンはくすぐったそうに手を引いて笑った。ずいぶん仲が良さそうだ。

新は二十五歳、紅鷹は同い年か、少し年上ぐらいだろう。新はコンを見る。……年齢的に『いても』おかしくはない。新は恐る恐る尋ねた。

「お……お子さんですか？」

「ちゃうわ！　うちの寺で預かっとる子どもや！　いつの間にかついて来よってん」

七回忌が終わるまでずっとここにいたのだろうか。木陰が多いとはいえ、真夏だ。まだ日中は暑いというのに、コンは汗一つかいていない。

（この人が来た時は、この子はいなかったけど……。それに、あの狐は……？）

点と点が繋《つな》がりそうで、繋がらない。……繋がるはずがないと思っている。

紅鷹は疲れた顔でため息を吐くと、裏庭に面した縁側に座った。

「はー、どっこいしょっと」

「くれたか、おっしゃん！」

「だーれがおっさんじゃコラァ！　まだピチピチの二十八歳じゃ！」

紅鷹が手を伸ばそうとすると、コンは裏庭に走って行く。大きな岩の上に乗って、新に笑顔を向けて手を振る。手を振り返していると、紅鷹が隣を叩《たた》いて座るよう促した。

「すまんかったな、あいつの相手さしてしもて」

「いえ、大丈夫ですよ」

「ま、親戚《しんせき》付き合いもしんどいしなぁ。自分も大変やな。おばあさんの法事とはいえ、わざわざこんな田舎まで来て。仕事は休んだんか？」

「あ……その……仕事は、先月辞めてしまって……今は……」

口に出すとダメージが大きい。いつの間にかうつむいてしまった新を見て、紅鷹は軽く背中を叩いて明るく笑った。

「そない気にせんでええて。仕事辞めるなんて、長い人生、そない珍しいことちゃうで？」

（この人、本当は何歳なんだろ……）

二十八歳と聞いたばかりだが、妙に達観しているというか。口調は軽いが、その言葉には実感がある気がした。

話しやすいこともあって、つい新は心に抱えているものを、言葉として少し零《こぼ》していた。

「でも、その……この仕事しかないって思ってたから、これからどうしていいか、わからなくなってて……。それでしばらくは、こっちでゆっくりしたらどうだって、母や伯母《おば》夫婦に言われていて……」

「ちなみに何の仕事してたん？」

「……保育士、です。でも、僕に問題が――」

紅鷹は新の言葉の途中で立ち上がった。何かあったのかと見上げると、彼は笑みを消していた。愛想の良い笑みが消えると、整った顔も相まって、少し怖い。

（え、僕、何か悪いこと言っちゃったのかな……!?）

紅鷹は新ではなく、コンを見据えていた。

「コン！　来い！」

ツバキの花を取ろうと飛び跳ねていたコンは、紅鷹の声にこちらを振り返る。

紅鷹が手を広げると、コンは嬉しそうな顔でこちらに駆け寄って来て、彼に飛びついた。

抱き上げたコンを、紅鷹は真顔で見下ろす。

「元の姿に戻れ」

「いいのー?」

「今だけはかまへん。このまま見間違いで押し切ろかと思たけど、事情が変わった。戻れ」

「あい! ポーイして!」

両手足を広げたコンの身体を、紅鷹は高い高いをするように、その場で軽く上に放る。

と、コンはくるりと一回転した。体操でも習っているのだろうかと思ったが、紅鷹の腕に戻った時、コンの姿はなかった。代わりに、先ほどの子狐がその腕に抱かれていた。

「きつ、ね……? え? あれ? コンくんは……?」

たぶん、新はその疑問の答えをたった今見ていた。けれどあまりに非現実的なことに、思考がついていかない。まるで自分がそうだというように、子狐が紅鷹の腕で得意げにしっぽを振っていた。

紅鷹が座ったまま呆然としている新を見下ろしていることに気付く。

「……やっぱり自分、こいつが視えとるな?」

紅鷹の髪が目元にかかる。その間から、色素の薄い瞳《ひとみ》が新を見つめていた。

「こいつのこの姿は、普通の人間には視えへんはずやねんけどな」

「え……。いや、でも……」

新には、今も紅鷹の腕に抱かれた子狐がはっきり視えている。

まずいものを視てしまったのだろうか。全身から冷や汗が滲《にじ》む。綺麗《きれい》な顔に真顔で見下ろされるのがこれほど恐ろしいとは思わなかった。こうして見ると、この人の顔は整いすぎていないだろうか。まるで——いや、そんなはず——

思わず逃げ腰になった新の手首を、紅鷹が強い力でガシリと摑《つか》む。

「ひっ……！　あの僕、誰にも言いませんから……！　お願いです命だけは……！」

「そんなもんいらん。ただ、こいつの秘密を知ったからには、自分のその身体、俺に差し出してもらうで」

紅鷹が抱いている子狐はたぶん、化け狐とかそういうものだ。ということは、この紅鷹もそういう類《たぐ》いのものなのかもしれない。血の気が引き、寒気がするのに汗が止まらない。

紅鷹の口元がニィ、と吊《つ》り上がり、そして——

「ぷはっ！　だっはっはっはっはっ！」

「…………へ？」

噴き出し、破顔したかと思うと、紅鷹は大声で笑い出した。

子狐が紅鷹の腕から飛び降りて縁側に足を着く。その時には、新の隣には男の子のコンの姿があった。驚愕《きょうがく》や恐怖を引きずったままぽかんとする新の髪を、コンの手が撫《な》でる。

「よちよち。こわかったねえ。もー、くれたか、めっ！」

まだ笑い続けている紅鷹を、コンが厳しい顔で叱ってくれたが、彼は聞いていない。

（こ、怖かった……っ！）

幼児に慰められているが、実際怖かったのでコンの手の優しさが心に染みる。しかしすでに紅鷹に対する恐怖心はなかった。真顔と笑顔でこれほど雰囲気が違う人を初めて見た。

笑いを引きずって肩で息をし、涙まで浮かべて、紅鷹は手を挙げて謝った。

「すまんすまん。あんまり怖がるさかい、ついからかいたなって。冗談や。いやまあ全部が全部冗談でもないんやけどな。そない怖がらんでも、取って食うたりはせえへんて」

曖昧《あいまい》に返事をしつつ、「全部が全部冗談でもない」という言葉が引っかかり、訝《いぶか》しげに見つめていた新に、紅鷹は見当違いな弁解をした。

「言うとくけど、俺はちょっと変なもんが視えるだけの、普通の人間やからな？」

「ええっ!?」

「そこでビビるな。俺が変人みたいやないか」

それ以前に、人間ではないのかと思った――という言葉は呑《の》み込んだ。

紅鷹はどかりと縁側に座り直し、新を真っ直ぐに見つめてきた。

「で、こっから本題なんやけどな」

新が少し警戒心を見せたのも気にせず、紅鷹は綺麗な顔の前でパチンと手を合わせた。

「自分、保育士やったんやろ？　頼むわ、うちの寺、手伝ってくれへんか？」

「えっ……？　そ、それってどういう――」

「このニンゲン、おてらくるのー!?」

「ニンゲンやない。えーと、小森新や。あ、ら、た」

「あ、らた！　あらた！　いっちょにかえろー！」

パン！　と小気味よい音を立てて紅鷹が膝《ひざ》を叩き、笑顔をコンに向けていた。

「え、あの、どういうことですか!?」

「よーし、ほんならしばらく元の姿に戻っとけ」

コンはポンッと音を立てて子狐の姿になって紅鷹の腕に抱き上げられる。

（やっぱり、コンくんがあの子狐なのか……）

やっとそれを呑み込んだところで、新はハッとして、座敷の方へ向かう紅鷹の背中を慌てて追いかける。

「ま、待ってください！　説明してください！　何が何だか……！」

新の声は、紅鷹が開けた襖《ふすま》の間から聞こえた座敷の喧噪《けんそう》に呑まれてしまった。酒を飲んだおじさん達の大声に負けない、よく通る声で紅鷹が愛想よく言った。

「ほんなら俺、ぼちぼちお暇《いとま》しますわ」

その途端、「えー!」の大合唱。紅鷹は笑って親戚達を落ち着け、その場に正座した。

「実はうちの寺で、村の子を五人ほど預かってまして。せやけど保育士の人数が足りんで困ってたんです」

(いやまずそれは僕に言ってほしいんですけど!? ていうことは、つまり……)

新が紅鷹の次の言葉を察して、口を開こうとすると、彼は親戚達に向けていた輝くような笑顔をこちらにも向けて来た。

「それで、新くんがうちの寺を手伝ってくれる言うてくれたんですよぉ!」

(言ってませんけど!)

読経の時の良《い》い声が座敷に響き、新が口を挟む間もなかった。呆然《ぼうぜん》としていると、その隙に紅鷹が新の母を見て言った。

「今日は下見っちゅうことで、連れて行きますね。もちろん帰りはお送りしますさかい!」

紅鷹の言葉に、母は泣きそうなほど、嬉《うれ》しそうに微笑んだ。

「……よかったわね、新。保育士、続けたいて言うてたもんね」

母は新が悩んでいたことを知っている。理由をはっきりとは説明していないが、落ち込んでいたからこそ、田舎で休めばいいと言って、祖母の家に連れてきたのだった。

しかしこの話はまた別だ。新は了承した覚えはない。

「いや、あの、だから……！」

「いやー今保育士が一人だけで！　他の保育士が見つからんとそいつが倒れそうなぐらいでして！　そんならうちを手伝《てつど》うてくれる新くんはほんまにええ子ですね！」

強引ではあるが、紅鷹の笑顔は心からのものに見えた。だからこそ、母も嬉しそうに新を見つめているのだ。親戚達も新の成長を喜ぶ声を上げている。

（ま、まずい！　どんどん断れない雰囲気になってる……！　でも、僕は……）

保育士を辞めた理由を思い出し、背筋に冷たいものが走った。

――取り返しがつかないことが起きてからでは遅い。

「あ……あのっ！　紅鷹さん！　僕は……」

紅鷹は立ち上がり、新の肩を両手でポン、と優しく叩いた。にかりと明るく笑う顔は、まるで真夏の太陽。湿った新の心をあたたかく乾かすような力強さがあった。

「今日は下見だけでええから。興味持ってくれるだけで嬉しいわ。ありがとうな！」

「あ……はい……」

答えてから、我に返って頭を抱えた。すでに紅鷹は親戚達にあいさつをしている。

（……って、はい、じゃないよ、馬鹿ぁー！）

足元を見ると、金色の輝きが見えた。ふわふわした子狐が、新を見上げてフスフスと鼻を動かし、しっぽをぶんぶん振っていた。琥珀《こはく》色の瞳が期待に満ちている。

（そんな目で見られたら、断れないじゃないかー！）

可愛いくりくりした目にうなずくと、子狐はぴょんと跳んで喜んだ。


車のスピーカーからは有名な二人組の男性ロックバンドの曲が流れ、紅鷹は上機嫌にその曲を口ずさんでいた。車の至る所にそのバンドのグッズが置いてある。

完全に勢いだけで押し切られた。綺麗な顔に似合わず、強引かつ豪快な性格のようだ。

助手席に座り、新は顔を覆う。膝の上には子狐がちょんと大人しく座っている。

「押し切られた……っ！」

「へっへへ、押し切ったった」

「おちちったったー！」

突然コンの声が紅鷹の口調を真似たかと思うと、男の子の姿で新の膝に座っていた。

「わあ!? コ、コンくん、危ないよ！　あの、チャイルドシートないんですか？」

「こらコン。車乗る時は狐に戻って大人しくしとれて言うとるやろ。俺にチャイルドシート買う金なんかないねん」

「くれたか、びんぼーだもんね！」

「やかましい！　新、悪いけどそいつ膝に乗せといてくれ。そのうち寝よるさかい」

コンはまた狐に戻ると、新の膝に座って、自分のしっぽを枕にして丸くなった。

「あの、この狐が、コンくん……なんですよね？」

今も目の前で狐から人間の男の子へ、男の子から狐へと変わるところを目の当たりにしたが、にわかには信じがたい。

紅鷹はスピーカーの音量を少し落とし、コンの話を続ける。

「そうやで、お察しの通り、妖怪《ようかい》の狐と描いて妖狐《ようこ》やな」

確かに、コンは狐の姿の時は誰にも見えないようだったし、ガラス戸もすり抜けていた。男の子に変わるのもこの目で見た。妖狐という正体に、むしろ納得すべきだろう。

「よ、妖、怪……」

血の気がサッと引いていく。昔から、ホラーやオカルト話は大の苦手だった。子ども向けの絵本ぐらいなら平気だが、自分にそういう類いのことが降りかかるなんて、想像だけでも耐えられない。

「何や、そういうのあかん系か？　それより、初めて視たて反応やな？　生まれつきこういうもんが視えてたわけと違うんか？」

「は、初めてですよ！　僕は、霊感とかもないですし……突然そんなこと言われても……」

信じられないと言おうにも現にコンは人間の子どもとは思えない。

「けど視えとるっちゅうことは、その性質があるわけやしなぁ。今まで眠っとったもんが、何かのきっかけで目覚めたんかもしれんな。心当たりとかないか？」

「きっかけなんて、何も……」

新は自分の手の平を見つめた。車の中は冷房で涼しいはずなのに、汗が滲《にじ》んできた。

——この身体と、関係があるのだろうか。

手の平の向こうで、子狐の——コンのつぶらな瞳《ひとみ》が新を不思議そうに見上げてくる。こうして見るとただの可愛い子狐だ。妖怪という苦手な響きとは、うまく繋《つな》がらない。遊んでもらえないと思ったのか、コンは再び丸くなって目を閉じる。

「何か思い当たること、あったか？」

紅鷹の声で、ハッと我に返る。横目でこちらを見ていた気がしたが、新が見ると、紅鷹はしっかり前方を見つめていた。

「いえ……何も、ないと思います」

「それやったら、元々持ってた視える力が、知らんうちに強なって視えるようになったんかもしれんな。知らんけど」

――確かに、不可思議なことがわが身に起きている。だが、自分でも説明できないそれが、関係あるのかどうか。

考え込んでいると、ふっと辺りが暗くなる。妖怪という話をしていたからドキッとしたが、ただトンネルに入っただけだった。内心胸をなで下ろした。

……が、数十秒後。新は再び不安になった。一向にトンネルの出口が見えない。

「あ、あの……相澤さん」

「紅鷹でええで。これから一緒に働く仲やしな！」

「下見だけって言いましたよね!?　いえあの、そ、それより……！　いくらなんでも、このトンネル、長すぎませんか!?　僕、異界にでも連れて行かれるんですか……!?」

震える新の声に、紅鷹は笑みを消した。そして読経の時のような低い声が車内に響く。

「……これは、ほんまの話なんやけどな……」

「ちょちょちょっ、やめてください！　僕本当にそういう話ダメなんです！」

耳を塞《ふさ》いだ新に、紅鷹は前方を指差す。新が耳から手を離すと、あっけらかんと言った。

「このトンネル、一キロぐらいあるんや。ほれ出口」

前方に白く光る出口が見えた。徐々に木々の緑や続く道路もはっきりと見えてくる。怖がった自分が恥ずかしい。

長いトンネルで暗闇に慣れた目に、真夏の日差しは痛いほど眩《まぶ》しい。思わず目を一度閉じ、また開けると、緑の光が満ちていた。木々が生い茂り、ところどころに古い家が建っている。人の姿が見えないのは、暑い時間帯だからだろうか。

「綺麗《きれい》な、ところですね」

空気さえ綺麗に思えるのは、遠くの山が瑞々《みずみず》しく見えるからかもしれない。

紅鷹の運転する車は、突然右折し、道路と並走するように流れる川の橋を渡った。

蒼《あお》い楓《かえで》と木漏れ日のトンネルを抜けると、鐘撞《つ》き堂と、木造の大きな薬医門が見えた。門は閉まっているが、本堂らしき瓦葺《かわらぶ》きの大きな屋根が見える。門までは階段があり、その階段脇の石柱には、『彩柏寺』とあった。

紅鷹は正面の駐車スペースに慣れた様子で車を停《と》めた。

「ほい、到着や。コン、起きろ。降りるぞ」

紅鷹は新の膝《ひざ》から片手で子狐姿のコンを抱え上げて、車を降りた。

新もドアを開けて、車から降りる。と、風が吹き付けてきた。日は照っているが、湿度が低いのか、風が気持ちいい。

「わっ、涼しい。それに、静かというか……」

いや、音はむしろ忙《せわ》しないぐらいにある。セミの声に、風に揺れてさわさわと草木が揺れる音、傍には大きな川が流れており、そのザアザアという水の音。それなのにすべてが耳に優しい。

特に新の感動に感銘を受けたようでもなく、紅鷹は淡々と荷物を降ろしている。

「何せ人がおらんからな。今来た道が県道やさかい、トラックやらイキッた車が時々やかましいぐらいやな。――うおっ！」

紅鷹の驚いた声に、辺りを見回していた新も車越しに目を向ける。まだ少し寝ぼけているコンが、男の子の姿に戻って、紅鷹の首に抱きついていた。右手にはコンを抱え、左手には法衣《ほうえ》や袈裟《けさ》、着替えの入った鞄《かばん》を持っている。

「あの、鞄……持ちましょうか？」

新がそう言うと、紅鷹は「頼むわ」と笑って鞄を手渡してきて、コンを抱え直した。コンが嬉しそうに甘えて、紅鷹の肩に頬をこすりつける。

「えへへぇ～、だっこぉ」

「寝ぼけてんと起きろ。お前はこれからタマにド叱られるんやからな」

「やー！　タマちゃんこわいー！　おーろーしーてー！」

一気に目が覚めたらしいコンが暴れたが、紅鷹は肩にコンを担ぎ直して離さない。二人の後を追って階段を上りながら、新は尋ねた。

「あの、タマさん……っていうのは？」

「ああ、言うてた保育士や。栄養士も兼ねとる」

「今はその人が一人で子ども達を？」

「そうや。今日はコンがおらんさかい、まだ楽やったかもしれんけどな」

階段を上りきり、門の前に到着する。てっきりこの大きな薬医門を開けるのかと思ったが、紅鷹は脇にある小さな木戸を開けてそこをくぐり、新を手招きする。

「新、こっちから入れ。そっちの門は開けるのめんどいさかい」

ちょっと残念に思いながら、新は後に続いた。

砂利の敷き詰められた広い境内に、大きな屋根の本堂。本堂から渡り廊下が繋がり、奥には恐らく紅鷹が住んでいるであろう二階建ての家があった。傍には錠の掛けられた大きな蔵もある。

「広い……大きい……」

「田舎は土地だけはあるからな。どこもかしこも古いもんやで」

新がぽかんとしていると、紅鷹がからりと笑った。言葉ではそう言いながらも、その声には愛着が感じられた。

　その時。

「コ〜ン〜くぅぅぅぅん？」

「ぴゃあああああ！」

　女性の声に、紅鷹が肩に担いでいたコンが飛び上がって悲鳴を上げた。コンを肩から腕に抱き直し、紅鷹は前方にコンを差し出した。その先では、若い女性がコンをしっかりキャッチし、至近距離でじっとコンの目を見つめた。そのせいで女性の顔は見えない。

「紅鷹についていくのはいいけど、勝手にどっか行っちゃダメでしょうがぁ！」

「ごめんなしゃぁぁぁい！　タマちゃんこわいー！」

「叱ってんだから怖いのは当たり前！　もうしちゃダメよ！」

「あい……」

　三角の耳としっぽが垂れ下がり、元気のない「あい」に、コンには悪いが新は小さく笑ってしまった。紅鷹は女性の前に立ち、苛立《いらだ》ちの声を向けた。

「おいコラ、タマ。叱るならちゃんと叱らんかい。俺についてくんのもあかんわ」

「だってどうせ狐になってたら視えないじゃないこの子」

「たまに視えるのがおるから困るんや。視えてると俺が気が散るしな。お前らはそういうとこが雑やねん。ったく。……まぁ今日はそれがよかったわけやけどな」

綺麗な顔が新を振り返り、ニヤリと笑った。女性もコンを下ろして新を見た。

二十代半ばほどの、艶《あで》やかなプラチナブロンドと、青い瞳の女性だった。しかし顔立ちは外国人というわけではなさそうだ。髪は染めた様子もなく、化粧気も薄いが、かなりの美人だ。つり目のせいか、猫っぽい印象を受ける。

タマと呼ばれた彼女は首を傾げて微笑む。

「お客さん？　こんにちは」

「こちらはお前の同僚になる小森新くんや！　優しくしたれよ！」

「えっ、本当!?　マジで!?　助かるー！　ありがとう！」

新が何か言う前に彼女は感動したように笑顔になって手を差し出した。

「私はここの保育士兼栄養士の珠紀《たまき》です。よろしくね」

「小森新です。よろしくお願いしま……じゃなくてぇ！」

思わず手を握ってあいさつしようとして、新は手と口を止めた。新が訂正しようとした瞬間、本堂の隣にある家の玄関にコンが入り大声を上げた。

「たーだーいーまー！」

「ああっ、コンくん！　みんな今お昼寝してるんだから！　頼むから起こさないでぇ！」

珠紀が悲痛な声を上げたが、遅かったようだ。パタパタと軽い足音が玄関に向かって来る。紅鷹と珠紀が同時に顔を覆った。

玄関から出て来たのは、顔がそっくりな三人。三人とも頭からは小さな耳が見え、細いしっぽがあった。

「くれたか……！」

「あ！　くれたかとコン、かえったのかぁ！　おかえりー！」

「おかえり……ふああ……」

最初に紅鷹を呼んだ一人は、赤いリボンを結んだ女の子。新ではなく、紅鷹をじっと見つめている。元気に出迎えてきたのは男の子で、こちらは活発そうだ。もう一人の男の子と手を繋いでいる。こちらはまだ眠そうで、半分引きずられていた。

「この人、だあれ？」

「わあっ!?」

足元で、鈴の音のような可愛らしい声が聞こえて驚いた。新の傍にいつの間にか、女の子がひっそりと佇《たたず》んでいた。可愛らしいチェックのワンピースを着て、伸ばした髪を結っているオシャレな女の子だ。頭から小さな丸い耳が出ている。新が凝視すると、それに気付いて、女の子は自分の頭を撫《な》でる。と、耳は消えていた。

出てきた四人とコンに向かって、紅鷹は呆然《ぼうぜん》とする新の背中を叩《たた》いて紹介した。

「この人はな、お前らの新しい先生や！」

「ままま待ってください！　一回待ってください紅鷹さん！　どういうことか、説明してください！　こ、この子達、普通の人間じゃないですよね!?　子どもを預かってるって、人間の子どもじゃないんですか!?」

新の前で、珠紀がじとりと紅鷹を睨《にら》み、肘《ひじ》で突く。

「ちょっと紅鷹。あんた何も知らせずに連れてきたの？」

「連れてきたらこっちのもんやろ」

「……それもそうね」

二人とも声を潜めているつもりがあるのかないのか、小声だが全部聞こえている。そして珠紀はどうやらそれについて咎《とが》める気はなくなったようで、新を見て、二人して取り繕うようににっこりと微笑む。美男美女の微笑みだが、なぜだか全然嬉《うれ》しくない。

「さっき言うたやろ、コンは妖怪《ようかい》やて。こいつらも同じで、妖怪の子どもや」

子ども達は紅鷹の足元に集まり、怖いというよりも、興味津々な顔で新を見つめてくる。

紅鷹はオシャレな女の子の頭を撫でた。

「こいつはリコや。リコは妖狸《ようり》、いうたら化け狸やな。こいつは一番化けるのが上手《うま》いさかい、人間の子どもにしか見えんやろ」

リコと呼ばれた女の子は、口元を押さえて嬉しそうに「んふふ」と笑った。さっき一瞬見えていた耳は、タヌキの耳だったのか。

「ほんで、こっちの三つ子は鎌鼬《かまいたち》て妖怪や。イタチやな。上から、このリボンが風香《ふうか》、やんちゃ坊主が一颯《いぶき》、甘えたの末っ子が凪沙《なぎさ》や。イタチてわかるか？……ん？　俺もわからんな。まあネズミとキツネの中間みたいなやつや」

「「「ちーがーうー！　くれたか、ざつ！」」」

三人は声をそろえ、そっくりな顔で同じように頬を膨らませて紅鷹を睨んだが、言われた当の本人は慣れっこなのか聞いていない。

「妖怪とは言うけどな、漫画とかに出てくるような、人を襲うような奴は滅多におらん。大抵は人間から離れたとこにひっそり住んどるしな。ほんで、こいつらはまだ未熟で妖怪と呼ばれるもんやけど、こいつらの親は、神社の神様に仕える神使や。神社の入り口に狛《こま》犬《いぬ》とかキツネとかおるやろ？　あれみたいなもんや。たぶん。神様を守ったり、仕事を手伝ったりするらしい」

紅鷹の背中によじ登ったコンが、新を見て笑顔で声を上げる。

「おかあしゃんとおとうしゃんねえ、えりーとなの！」

「エ、エリート……？」

「何や今の妖怪の世界では、神使になることが一番の出世らしいわ。せやからこいつらも親と同じ神使になれるように育てるのが、ここの保育所の目的の一つや」

「保育所……」

少しだけ胸が弾んだが、内心で首を振って、断る理由を探す。

「で、でも僕、そういう……修行？　とかもしたことないですし……」

「そんなんいらんいらん。むしろ、してへん方がええ。普通に、人間社会で生きてきた自分やからええんや。こいつらに今学ばせなあかんのは、人間の常識とか道理とかやからな」

紅鷹は明るく笑い、肩に顎《あご》を乗せるコンの頭をわしゃわしゃと撫でた。

「『神使になるように育てる』……と、大層なこと言うとるけどな、まずは人間に慣れる場、人間社会に馴染《なじ》める準備をする場なんや。もちろん託児所としての意味も大きい。あれや、保育園も年長組は小学校入学前に色々準備するやろ？」

「ああ、なるほど、そういう感じ――いや、それとこれとは！」

「そない変わらへんて。じっとしとけとか、車には気をつけろとか言うんやろ？　まさにこいつらに必要な常識や。妖怪にはそういう人間の常識が通じん奴がほとんどやからな」

頭によじ登ろうとするコンを摑《つか》んで、紅鷹は新の目の前に抱え上げた。

「せやから今んとこ、『人間に化ける訓練』と、『人間に慣れること』がまず第一の主な方針やねん。神使になるにはまたちゃんとした修行もせなあかんらしいからな。その修行の受験資格が取れるようになったら上々っちゅうことらしいわ」

「そうそう。じゃなきゃこんっなド田舎の、こんっな適当な不良住職になんて預けないわよ。まともな人が来てくれてよかったわ」

「誰が頼れる美貌の住職やねん」

「言ってないわよ貧乏の住職が」

珠紀は新に愛想良く綺麗《きれい》な顔に優しい笑みを向けているが、紅鷹に対しては辛辣《しんらつ》だ。

紅鷹がぽいっと放ると、コンは「きゃー！」と嬉しそうな声を上げて、宙で一回転して着地した。いつものことなのか、紅鷹は見向きもせず続ける。

「相手がこういう子どもやからな、気軽に保育士の募集かけるわけにもいかんかったんや。なーんも視えへんかったら話にならん。かといって子どもの相手ができきん人間でもあかん。……そこにうまいこと条件を満たした救世主が、自分やったんや！　ここでこいつらの先生ができるのは、お前しかおらんのや、新！」

少々芝居がかった台詞《せりふ》と声だが、その目はまっすぐに新に向けられている。彼はそんな意図はなかったかもしれない。けれど……その言葉は、新の胸を大きく打っていた。

様々な葛藤《かっとう》で声が出ずにいる新の肩に、紅鷹はぽんと手を置いた。瞬《まばた》きの間に、その目は獲物を狙う獣のようにギラギラしたものに変わっていた。

肩に置かれた手も力が強く、振りほどけそうにない。

「期待してるでぇ？　新先生ぇ〜？」

「い、いや、だから、僕はまだ何も――」

「ねえ、くれたか」

リコがくい、と紅鷹のジーンズを引っ張り、首を傾げていた。

「せんせいって、どとせんせいと、いっしょ？」

「あー、ちゃうちゃう。あれはお医者さんや。ほんでこっちはー、あー……お前らと、遊んだり……まあ色んなことを教えてくれる人のことや！」

やはり説明が雑な気がしたが、子ども達が新を見つめる目が変わる。特にコンは、目をキラキラさせた。

「あらたって、しゅごいねえ！」

あまりに素直な表情と声に、新も思わず黙って笑みを零《こぼ》した。そして気付いた。

（あれ……？　僕もう詰んでない？）

これではここにいる全員に、完全に『先生』として認知されてしまったのではないだろうか。断るのがどんどん困難になっていく。まずい。

もう一度ぽん、と肩を叩かれ、振り向くと、綺麗な笑顔があった。

「っちゅうわけでや、新……俺は寝るから後は頼んだ！」

「ええ!? 何でそうなるんですか!? 今日はただの下見って言ったじゃないですか！」

肩に置かれた手が脱力し、紅鷹は一瞬で笑みを消して、一気に疲れた顔になる。

「もうあかん。運転で気力全部使《つこ》てもうた……眠たすぎて吐きそうやねん……。ちょっとでも無理やと思たらすぐ起こせ……」

紅鷹はフラフラと玄関に向かうと、上がり框《がまち》から這《は》いずりながら座敷へ上がり、そこにあった座布団を手繰り寄せた。二つ折りにすると頭を乗せ、目を閉じて動かなくなった。

「く、紅鷹さん!? ちょっと！」

「新くん」

隣から珠紀に呼ばれ、ホッとする。そうだ、紅鷹がいなくても、彼女がいれば子ども達も安心だろう。そう思った直後、珠紀も玄関から座敷へ上がっていった。

「一時間……いえ、三十分だけでいいから、その子達の相手、して……もう限界……」

珠紀の身体が直立不動のまま、倒れていく。新が慌てて支えようとしたが、その手は空を切った。その姿は消え、畳の上には丸くなった白い猫が目を閉じていた。

「え……ええええ!?　珠紀さんって……」

「タマちゃんはねえ、ほんとは、にゃんこなの。しっぽがふたつあるんだよ。ニンゲンとずーっといっしょにくらしてたから、ニンゲンにくわしいんだって」

コンが指差す先には、丸まったしっぽが二本あった。猫又《ねこまた》という妖怪だろうか。それにしても、その顔が疲れているように見える。そしてそれは死んだように眠っている紅鷹も同様だった。元々肌は白いのだろうが、よく見れば白いというより、青白い。

（それだけここが大変ってことなのかな……）

半ば呆然と二人の顔を見つめていると、足元からの視線に気付く。振り返ると、五人の子ども達のくりくりした目が、新をじーっと見つめていた。

（さ、三十分だけって、言ってたし……放っておくわけにもいかないし……）

——まだ、不安はある。けれどここには、新を必要としてくれている人がいる。

意を決して、新はその場にしゃがみこむ。視線が合って、少しだけ緊張した子もいた。うまく笑顔が作れているだろうか。まるで初めて子どもに接した時のようだ。保育士の頃はどうしていたのか、思い出せない。

「は……はじめまして、小森新です。君達のお名前、もう一度僕に教えてくれる？」

新の言葉に、コン以外の四人は少し戸惑ったようで、視線を逸《そ》らしたり、お互いを見つめ合ったりして、出方を窺《うかが》っていた。その中でコンが手を挙げた。

「あい！　コンはねえ、コン！　でもね、コン、ほんとは『湖春《こはる》』っていうの」

「え、そうなの⁉」

紅鷹も「コン」としか呼ばないので、それが本名なのかと思っていた。

「そうなのー。でもコンはコンだから、コンってよんでいいよ！」

そう言ってにっこり笑いながら、新の方に手を出してくる。

——ひやりとした。

けれど握手を期待する手を裏切ることも、新にはできなかった。新がわずかに震える手をそっと差し出すと、コンは両手で握ってにっこり笑った。

コンの隣から、オシャレな女の子がやってきた。

「わたし、リコ。……ほんとうは『瑠璃子《るりこ》』っていうんだけど、いまは、リコのほうが、おもしろくて、かわいいとおもうから、リコでいいよ」

「わかった、じゃあ今はリコちゃんって呼ぶね」

リコは照れているのか、何か考えているのか、表情を変えずにこくりとうなずいた。

新はそっくりな三人に向かい合う。

「あたし！　あたしがいちばん、おねえちゃんなの！　風香っていうのよ！」

風香は紅鷹や珠紀がいた時よりも元気になっている。お昼寝の眠気からすっかり覚めたようだ。さっきから元気だった男の子が手を挙げる。

「おれ、まんなか！　一颯！　よろしく！　でね、こっちがおとうとの……こらー、凪沙、ちゃんとごあいさつしなきゃだめだぞ！」

三つ子の末っ子は、すすっと一颯の後ろに隠れてしまった。一颯に言われて、ちょこんと肩から目元だけを覗《のぞ》かせる。

「……ぼく、凪沙」

「風香ちゃんと、一颯くんと、凪沙くんだね」

三人は身を寄せ合い、何かを相談するように視線を交わし合ってから、新に笑った。その顔はびっくりするほどそっくりだ。

コンが新を見て、嬉《うれ》しそうにその場でピョンピョン飛び跳ねる。

「ねえ、あらた！　おにごっこ、ちよー！」

「えっ、いや、で、でも……っ」

——子どもと遊ぶなんて、今の自分がしてはいけない。わかっている。けれど期待に輝く目が五人分、新に突き刺さっている。その視線を撥《は》ねのけることが、新にはどうしてもできなかった。

（おにごっこ、なら……あんまり触れなくていいはずだし）

「……わ、わかった。少しだけなら……」

うなずくと、五人は顔を見合わせ、一斉に新を指差してきた。

『じゃあ、あらたが、おにー！』

「あのね、おにごっこはね、おみどの、おにわだけなのよ！」

「もんのそと、いったら、だめ」

風香と凪沙がそう教えてくれた。『おみど』とは、本堂のことだろう。

「本堂の前の境内だけってルールなんだね？」

そう、と五人はうなずく。それでも砂利を敷き詰めた境内は、小さな子どもが走り回るには充分な広さがあった。

「わかった。じゃあ、十数えるから、みんな逃げて」

新がそう言うと、嬉しそうにかん高い声を上げて散り散りに逃げていく。楽しい子どもの声を聞いて、新の身体にスイッチが入る。この感覚は久しぶりだった。

——保育士の話は断らなければならない。それならこの一時だけでも精一杯、彼らを楽しませてあげようと、新は目を瞑《つぶ》りながら決意し、数を数える声を張り上げた。

「……はーち、きゅーう、じゅう！　よーし、最初は誰にしようか、な……!?」

隠していた目元から手を離し、境内を見回して、驚いた。五人はただ遠くに逃げるだけではなく、鐘撞《つ》き堂に登ったり、さらにはその上、本堂の屋根の上にいた。

(子ども……というか、人間の身体能力じゃない⁉ だから境内だけってルールなのか)

恐らくこの子達は範囲を決めないとどこまでも走っていってしまうのだろう。

「あらたー! ここだよー!」

改めて人ではない様子を見せつけられ、新の額に汗が滲《にじ》む。しかしわくわくした子ども達の表情に、怖さや戸惑いは自然と軽くなり、新は彼らに呼びかけた。

「え、えーと、僕はそこまで行けないから、逃げるのは地面の上だけにしない?」

「あらたもー? くれたかといっしょね」

「うん、僕達人間は、そこまで登れないからね……」

ちょっと残念そうにしながらも、「やれやれ」といった調子で、子ども達は屋根から降りてくる。まず、コンとリコが屋根からぴょんと飛び出した。

「わあああああっ! コンくん! リコちゃん!」

新は一瞬心臓が止まりそうなほど驚いた。慌てて駆け寄ったが、二人とも難なく着地していた。三姉弟《きょうだい》はまるで風に乗るようにふわりと浮いて危なげなく降りてくる。

『にっげろー!』

目を剝《む》く新の前で、子ども達は何事もなかったかのように逃げ出した。怪我をしている様子もない。これが日常茶飯事のようだ。あっけにとられ、強張《こわば》っていた身体から力が抜け、同時に怖さや戸惑いも抜けていってしまった。

気を取り直し、新は腕を振り上げた。

「よーし！　捕まえるよ！」

きゃー、と声を上げて、子ども達は境内を逃げていく。身体能力は人間の子どものそれではないが、境内だけなら逃げ場は限られている。しかし自分から子どもに触れるのは躊躇《ためら》われた。どうすればいいかと考えた末、新はリコの前に躍り出た。びっくりした顔をしながらも、リコは勢いを殺しきれずに、新の腕に肩を触れさせた。

「つかまっちゃった……！」

リコは表情があまり変わらない子だと思ったが、目をまん丸にしてびっくりしていた。コンと一颯も感心してパチパチと手を叩《たた》いている。

「あらた、しゅごーい！」

「くれたかと、タマちゃんは、ぜんぜんつかまえられなかったのに、すっげー！」

足元に下ろしたリコに、くいと腕を引かれる。

「あらた、あらた。お耳貸して」

新がしゃがみこむと、リコは「いまのうち」と、近くに来た風香を指差して囁《ささや》いた。この子は可愛い顔をした策士だ。そっと風香に近づいて、新は彼女のリボンを摘まんだ。

「風香ちゃん、捕まえた」

「ぴゃっ!? ひ……ひきょーものー！」

「ええ!? そ、そう言われましても……」

ちらりとリコを見ると、今までのクールな表情からは考えられない、とびっきりの笑顔があった。

「んふふ。しょうぶに、ひきょうもなにもないのよ、ふうか」

「あらた！ リコは、いたずらっこなんだから、きをつけないとダメなのよ！」

「あ、はい。気を付けます……」

女の子は時々、大人顔負けのことを言う。思わず新も敬語でうなずいてしまった。

「今度はリコちゃんと風香ちゃんも鬼になる？」

「「なるー！」」

「よーし、じゃあ三人で男の子達を捕まえよう！」

新が笑って走り出すと、悲鳴のような歓声を上げて走り出した。

リコは一颯を、風香は凪沙を捕まえた。後は新がコンを捕まえる番だ。コンはすばしっこい。新も必死になって追いかけ、やっとその背中を捕らえた。

追いつくと、背後から脇に手を入れて抱き上げる。

「コンくん、捕まえた！」

「きゃー！　つかまったったー！」

コンを腕に乗せて抱き上げると、きゃあきゃあ笑いながらぎゅっと抱きつき、嬉しそうな笑顔を向けてくる。二人で笑い合ってから、新はハッと我に返った。

この腕に、小さな身体を抱き上げている。

(僕……前と同じように、子ども達と遊べてる。それに……この子達は、僕を怖がらない)

抱き上げられて笑っていたコンが、突然固まった新を見て、こてんと首を傾げる。

「あらた？　どうちたの？」

「あ、ううん。その……僕の抱っこ、変じゃないかな？」

コンは不思議そうな顔をしていたが、すぐに明るい笑顔を浮かべて両手を上げた。

「あらた、じょーずだよ！　やさしい！　くれたかもしてくれるけどねー、ざつ！」

先ほどの、コンを肩に担いだ紅鷹の姿を思い出す。しかしどんな言い方をしていても、コンは紅鷹に抱っこされるのが好きなのだろうとわかる笑みを浮かべていた。

リコがずりずりと一颯を引きずってきた。引きずられて一颯も楽しそうだ。風香は凪沙と手を繋《つな》いでやってきた。

抱っこされたコンを見て、リコも一颯を放して、手を上げてきた。

「コンだけ、ずるい。わたしも、だっこして」

「おれもおれも！」

一颯も元気よくぴょんぴょんと飛びながらせがんでくる。

「……ぼくも」

凪沙はちょっと遠慮がちに、両手を上げた。

「ど、どうしてもっていうなら、あたしも、だっこしていいんだから！」

風香は素直ではないが、チラチラと新を見つめている。

（……やばい、泣きそう）

またこうして子ども達と触れあえるとは思わなかった。

涙を堪《こら》えながら、新は順番に子ども達を抱き上げて、そろそろと抱き締める。

手を伸ばしてくれる。安心して身を預けてくれるのがわかる。——怖がる様子もない。

それどころか、五人とも嬉しそうに新をぎゅっと抱き締めてくれる。

（もしかしたら僕は、ここでなら……大丈夫なのかもしれない）

——ここでこいつらの先生ができるのは、お前しかおらんのや、新！

紅鷹のその言葉は、本当だったのだろうか。

五人は満足して、また鬼ごっこをしようとせがんできた。新も喜んでうなずいた。

何度か鬼を代わって休憩していると、コンが新の服の袖を引っ張ってきた。

「ねえ、あらた、つぎは、なにちてあそぶ？」

「かくれんぼしよー！　おれ、おにやりたい！」

一颯の提案を四人も了承し、新を見る。期待の目がこんなにも嬉しい。

「いいよ、かくれんぼ、しようか」

新の声に嬉しそうに微笑み、鬼役の一颯は目を瞑って、数を数え始めた。

かくれんぼも境内だけというルールのようだ。四人はそれぞれ木の陰や本堂の縁の下に隠れる。新がどうしようかと迷っていると、コンが傍にやってきて、蔵の扉を指差した。

「あらた、ここ、かくれらんない？」

「さすがにここに隠れるのはダメじゃないかなぁ。というかこの蔵、開くのかな？」

「んんー！　あかなーい！」

南京錠に手を伸ばし、コンが引っ張るが、当然びくともしない。

「コンくん、ここは開かないから、他の場所を……」

「あらたぁ」

呼ばれて見下ろすと、錠を触っていたコンが、どうしてそうなったのか、U字の掛け金の部分に手首を突っ込んでいた。新を見上げ、涙を浮かべる。

「うえええ、とれないー！」

「えっ！」

錆《さ》び付いた掛け金に、すっぽり手首が嵌《は》まってしまったらしい。このまま無理に引き抜くと、錆びた掛け金で怪我をするかもしれない。

コンの半泣きの声を聞いたのか、鬼役をしていた一颯が走って来た。

「コン、どうしたんだ？」

「一颯くん、この南京錠の鍵はないのかな？」

「かぎ、なくなっちゃったって、くれたか、いってた。このくら、あかないんだって」

「うえええ！　いたいー！」

「コンくん、無理に引いちゃダメだよ、じっとしてて。一颯くん――」

「おれ、くれたかとタマちゃんよんでくる！　だいじょうぶだからな、コン！」

新が指示する前に、一颯は飛ぶように――実際ちょっと飛んで、玄関に走って行った。

隠れていたリコと風香、凪沙も出てきて、傍にやってくる。

「どうしたの？　とれないの？」

「コン、けがしちゃう……！」

風香と凪沙が心配そうにコンを見つめる。リコは黙って首を傾げていたが、新は焦っていて、リコが何か言いたげにしていることに気付かなかった。

(外れたりは、しないかな)

南京錠の掛け金の部分を思い切り引っ張った。当然鍵は閉められていて、ガチンと中で引っかかった。——しかし。

バキン。

硬い音が手元から聞こえ、かなり重く、新の指ほどもある太さの南京錠の掛け金部分が折れていた。

「えっ……？」

左手には錠前部分が、右手には掛け金部分があった。破片と錆びがパラパラと落ちる。

コンの手首も錠前から離れた。

「とれたー！」

コンの大声で、壊れた錠前を見つめていた新はハッとする。

「えっと……コンくん、怪我はない？」

「なーい！」

とりあえず、怪我がなかったことにホッとする。コンはさっきまで半泣きだったとは思えない笑顔を浮かべた。新を尊敬しているような視線さえ向けてくる。

「あらた、しゅっごいねー！　かぎ、こわれちゃったー！」

「や、やっぱりこれ、僕が壊しちゃったんだよ、ね……？」

「うん！　パキッてなったねー！」

しっかり見ていたコンが大きくうなずいた。自分の手に、確かに感覚も残っているのだが、信じられない。そこで黙っていたリコが首を傾げて、静かに言った。

「……コン、きつねにもどればよかったのに」

「あ！　ほんとだ！」

コンが口に手を当ててハッとする。

冷静に考えればリコの言う通りだ。子狐のコンの手（足？）なら、南京錠から難なく引き抜けただろう。

新はもう一度、自分の手に持っている物を見下ろす。折れた断面を見れば、錆びているのは表面だけ。中はしっかりした鉄が詰まっていた。

こんなものを、自分は素手で壊した。手が震え、掛け金の部分を取り落とす。

（やっぱり、ダメだ……僕は……！）

そこへ、一颯が紅鷹と珠紀を連れて来た。珠紀は猫ではなく、美女の姿だったが、二人揃って眠そうに欠伸《あくび》をしている。

「ふあああ……よう寝た。ありがとうなぁ、新」

「いつの間にか二時間も経ってるわよ……。新くん、本当にありがとう……！」

二人は心から感謝した様子で、新を拝んでいる。

「いえ、あの、それより……」

「あれ？　コン、もうだいじょうぶ？　よかったー！」

一颯はコンを見て、ホッと胸を撫《な》で下ろした。

「あらたがね、たしゅけてくれたー！」

「一体、何の話や？」

眠そうな紅鷹と珠紀が首を傾げる。子ども達が経緯を一生懸命話してくれた。拙い言葉ながら、五人の説明を二人は理解したらしい。紅鷹がぽんとコンの頭を撫でる。

「怪我がないんやったらええわ。で、自分は何をそない蒼《あお》い顔しとるんや？」

新は取り落とした掛け金を拾って紅鷹に差し出しながら頭を下げた。

「あの、これ……すみません、僕が壊しました」

「あ？　別にかまへんかまへん。どうせこの蔵の錠前、錆びてずーっと開かんかったんや。むしろ壊してくれて業者呼ぶ手間省けたわ。……ん？」

紅鷹と珠紀の眠そうだった目が見開く。二人は顔を見合わせ、掛け金の折れた錠前と新を交互に見つめた。

「「……壊した？」」

「はい……すみません。弁償……できるものなんでしょうか」

「いや錠前はどうでもええねん。それより、この錠前を壊したって、自分がか？」

「あのねえ、コンのおてては、はいっちゃったからね、あらたがポキッてちてくれた！」

まるでせんべいを割るような動作をするコンを、紅鷹も珠紀もじっと見つめ、そして本当かと確かめる目を新に向けて来た。新は冷や汗を掻《か》きながら俯《うつむ》く。

「コンくんの言う通り、です……」

「言う通りなん!?　ポキッと折れるもんかこれ!?」

やっぱり、こんなのは異常だ。頑丈そうな錠前を素手で壊しておいて、自分の方には何も怪我をしてないなんて。普通は擦り傷ぐらいはついてるはずなのに。

俯いた新を、コンが覗《のぞ》き込んでくる。

「あらたぁ、どちたの？　だっこする？」

覗き込んできたコンの顔を見て、新は身を引いた。触れてはいけないと強く思い、咄嗟《とっさ》に体ごと手を遠ざける。

「っ……ご、ごめん……ちょっと、今は……」

さっきは自然にできていたのに、今は手が震えて、コンに手を伸ばすことさえできない。

「あ。もうおやつの時間。用意しなきゃ」

新の様子を察してくれたのか、珠紀がポンと手を叩《たた》いてそう言った。途端に子ども達の目がキラキラ輝いた。

「おやつー！」

子ども達がご機嫌で珠紀についていったのを見て、紅鷹はもう一度欠伸をしてから、縁側を指差した。

「何や事情がありそうやな。まあ、あっちで話そか」

並んで縁側に座り、紅鷹は新から南京錠を受け取って、壊れた部分を凝視した。

「ほんまにこの錠前、自分が壊したんか？」

「……はい。僕も、原因がわからないんですけど……最近、異常に力が強くなってるんです。普段は何ともないんですけど、ふとした時に、時々こうやって壊れるはずのないものを素手で壊してしまったりして……」

「素手か。筋トレのしすぎとかそんな問題ではなさそうやな」

「病院でも診てもらったんですけど、異常はなくて。でも……」

「こうなる、と」

紅鷹がもう一度、壊れた南京錠に視線を落とす。

「健康体そのものだって言われたんですけど、でも、絶対何かおかしいんです。健康すぎるんです。あんな事故に遭って、完治したのだって、おかしいし……」

南京錠を足元に置いて、紅鷹が新の言葉に目を瞬《しばたた》かせた。

「ん？　事故？」

「あ、すみません。話が前後しちゃうんですけど……僕、三ヶ月前にトラックに轢《ひ》かれて……その、全身を強く打って、重体だったんです。生死の境を彷徨《さまよ》ってたぐらいで……」

自分がどういう状態だったのか、新も正確にはわかっていない。ただ、医師の言葉を真似ているだけだった。自分の状態が酷《ひど》いものだったと知ったのは、治ってからだった。

「……なるほどなぁ、トラックに轢かれて、生死の境を……いやいやいや、それ普通、今も入院してる感じちゃうんか？」

紅鷹は目を瞠《みは》ってから、腕を組んでうなずいた……が、やはり怪訝《けげん》な目を向けてくる。

「普通なら、そうですよね。僕は確かに大怪我をしたんです。子どもを庇《かば》ってトラックに撥《は》ね飛ばされたらしいんです。死んでもおかしくなかった。なのに……」

紅鷹の視線が、新の腕に向いている。三ヶ月前にトラックに轢かれて大怪我をしたというのに、腕には一つも傷痕《あと》がないのだ。不思議に思っているのだろう。

「ものの二週間程度でほとんど怪我は治って、今は痕さえないんです」

奇跡としか言いようのない回復を見せた新に、医師や関係者は疑問を浮かべていた。そしてはっきりとは表に出さなかったが、新を見る目には、恐れがあった。

どうしてあの大怪我が、ここまで急速に回復するのか。この男は本当に人間なのか。

「身体が治って、保育園に……仕事に戻りました。だけど、ときどき、今みたいな、壊れようがない物を壊す時があって……」

ただでさえ、大怪我をしたのにすぐに復帰したのだ。当然、奇異な目で見られた。同僚達の噂する声も聞こえてきた。

——新先生がトラックに撥ねられたって、本当なんですか？　重体だったたって聞きましたけど、そうは見えないですよね？

——いくらなんでもおかしいよね。あんな短期間で、後遺症もなく治るはずないし……。

——それに最近、新先生のまわりで、よく物が壊れるじゃない？

「不思議がる……っていうか、不気味がられたり……」

そして、何より――

――せんせい……こわい。

「何より……子ども達が、怯《おび》えていたんです。子どもってそういうことに敏感だから、きっと僕の異常な力を、わかってたんだと思います。もしもこんな力が、小さな子ども達に向かったらって、考えたら……怖くて、続けられませんでした」

指先が冷たくなり、手に汗が滲《にじ》んだ。

他人の目も、自分の力も恐ろしくてたまらなかった。もしもあんな力で、子ども達に触れたらどうなるか、そう考えると、身体が動かなくなった。

「紅鷹さん」

新は隣に座る彼に向き直り、頭を下げた。

ここの子ども達と遊んでいた時は、もしかしたらもう一度、保育士に戻れるかもしれないと思った。けれど。

「すみません。やっぱり、僕はもう、保育士には――」

「待て。……キツいこと言わせて、すまんかった。それ以上は言わんでええ」

新の目の前に、紅鷹の手の平があった。紅鷹は手を下ろすと、怖いほど真剣な目で新をじっと見つめていた。

「それ以上声に出して言うたら、お前はさらに自分を追い詰めることになるやろ。お前は何も悪ないやろ。むしろ、大事な子どもを危険から守ろうとしたんやろ？　ええ保育士やないか。せやからそれ以上は、言うたらあかん」

新は今まで、保育士をやめたことを後悔し、子どもを傷つける危険のある自分の力を責めていた。だが、紅鷹は保育士として子どもを守ったと言ってくれた。自分ではそんな風に思えなかった。しかし、紅鷹の言葉は嬉《うれ》しかった。——誰かに、この胸の内を打ち明けて、そう言って欲しかったのかもしれない。

ややあって、紅鷹は静かに口を開いた。

「なあ、新。あいつらの相手して、どう思た？」

「どう、って……」

可愛かった。楽しかった。あたたかかった。——必要とされることが、嬉しかった。

そんな新の胸中を見透かすように、紅鷹は白い歯を見せて、ニッと明るく笑う。

「ココでやったら、もう一回やれるんちゃうかと、一瞬でも思わへんかったか？」

新がそんなことはないと、口を開く前に。

「できてたんや」

ゆったりと、一言ずつしっかり新に伝えるように、紅鷹はそう言った。そうなのだろうか。いや、つけあがってはいけない。もう覚悟したはずじゃないか。そんな風に葛藤《かっとう》しているうちに、どうしてか顔が熱くなり、出した声は、否定の言葉ではなくなっていた。

「く……紅鷹さんは、寝てたじゃないですか」

「あいつらの顔見てたらわかるわ。あんなに楽しそうにしとるんやで」

紅鷹は両腕をついて、縁側から見える座敷を見た。新もそちらを見ると、子ども達は何やら楽しそうにタマに話しかけている。

「タマちゃん！　あらた、コンのこと、おいかけてくれた！」

「おれたち、つかまっちゃったんだ！」

「あたしたち、いっぱいあそんであげたんだから！」

「くれたかとは、おおちがい」

「なぎさ。くれたかは、たいりょくないから、しかたないのよ」

「聞こえとるぞコラァッ！」

読経の時の良く通る声で、紅鷹が部屋の奥に怒鳴る。しかし顔は怒っていない。子ども達はきゃあきゃあ叫んで珠紀のいる台所に引っ込んでいった。

「お前も聞こえたやろ？　あれがどういう意味か、保育士してたならわかるはずや」

新に向き直り、紅鷹は今の会話を指すように、親指を向けて笑った。

「むしろ、俺はお前やないと務まらへんと思うんや。あいつらの懐きっぷりもやけどな、俺らが寝とる間、あいつらとずっとおにごっこしてたんやろ？」

「は、はあ……かくれんぼも、少しだけ」

紅鷹は目を瞠って、新をまじまじと見つめる。

「マジでか。二時間もエンドレスおにごっこして、平気な顔してんのか。やばいな。もしかして、疲れも感じにくくなっとるんか？」

「そ、そうですね……以前より全体的に、頑丈にはなってる気がします」

「ええな……」

ぼそりと、紅鷹が呟《つぶや》く。小声だったが、かなり真剣かつ切実な声で、これが嫌だとは言いにくい。確かに体力がつくのは悪いことではないが。

「妖怪《ようかい》っちゅうのはな、基本的に人間よりも圧倒的に頑丈にできとるんや。二時間もあいつらのおにごっこに付き合っとったら、俺は次の日動けんわ」

経験があるのだろう。げっそりした顔で紅鷹はそう言った。今もその顔色は良《い》いとは言えない。そんな状態でも、真剣な目で新を見つめてくる。

「それでお前は疲れた様子もないんやからすごいわ。いや、これはほんまに」

「……そう言ってもらえるのは、嬉しいです。でも、今の僕には、子ども達を傷つけないっていう保証が、できませんから……」

紅鷹の色素の薄い瞳《ひとみ》がじっと新を見つめていたが、不意に彼は口を開いた。

「……怖いんやな」

嘲《あざけ》るでも、からかうでもない、ただ新の様子を見てそういった紅鷹の言葉が、すとんと胸に落ちてくる。そうだ。あの子たちが妖怪であることより、あの子たちを傷つけてしまうかもしれない自分の力が怖い。新の方が、子ども達を恐れているのだ。

子どもはとても小さくて、容易《たやす》く怪我をしてしまう存在だと知っているから。

新と紅鷹の間に沈黙が落ちた。……のは、数秒だけだった。コンが駆け寄ってきた。

「くれたかー！　あらたー！　いっちょに、おやつたべよ！　きょうねえ、コンのすきなドーナツ！」

「おー、ええで。菓子食べるぐらいは問題ないやろ？」

紅鷹は新にそう言って、縁側から家の中に上がりこむ。コンが新の服を引っ張った。

「あらた、こっちだよ！　はやくはやく！」

何の躊躇《ためらい》もなく、コンは新の手を握ってくる。新は慌てたが、その手を振り払うこともできない。……だって、こんなに強く握っていて、あたたかい。

昔ながらの大きな丸いちゃぶ台が置かれ、その上には少し小さめのドーナツが二つずつと、子ども達にはコップに注がれた牛乳があった。新の分は来客用らしい上品なカップと皿に出されている。コンに「ここ！」と座布団の上を指されて、新は大人しくそこに座る。

目の前にあるドーナツに、ふと気付く。新は今日ここに来る予定ではなかったはずだ。

「あれ？　あの、どうして僕の分が……」

新の疑問に、珠紀がにっこり微笑んで答えた。

「紅鷹の分だから遠慮しないで食べて」

「なんってやねん！　お前の譲れや！　俺は食う」

「あっ！　もう、ほんっと教育に悪いわねあんたは！」

珠紀の皿からひょいとドーナツを取って、紅鷹はすでに口に運んでいる。

「ねえねえ、あらた！　コンの、あげるー！」

「わたしのも」

コンとリコの手が伸びてきて、二つのドーナツが皿に置かれる。すでに小さな皿には載り切らなかったが、また三つ、ドーナツが積み重なる。

「あたしのもあげる。お、おとうとたちが、おせわになったからなんだからね！」

「おれはー、おねえちゃんと、おとうとがおせわになったから！」

「……どーぞ」

ぽかんとしていた新は、周りにいる子ども達を見回し、そして慌てた。おやつは子ども達にとって一日の大きな楽しみのはずだ。

「い、いいよ！　みんなのおやつでしょ⁉」

五人の子ども達は顔を見合わせて、コンが新に向かってにこっと笑った。

「いいの、だってねえ、あらたは、ニンゲンだから！」

「人間……だから？」

「ニンゲンはコンたちより、よわいから、まもってあげなきゃいけないの！　ねー！」

コンがそう言うと、他の四人も「ねー！」と声を揃える。

「よ、弱い……？　えっと、僕が、守られるの……？」

守ってあげるべき存在だと思っていた子ども達からそんなことを言われて、新は面食らうしかない。それが不安そうに見えたのか、コンは新に抱きついて言った。

「うん！　だいじょーぶだよ、あらた！　コンたちが、まもってあげるからね！　ごはんもおやつも、いーっぱいたべて、おっきくなって、つよくなるんだよ！」

コンには抱きつかれ、リコには頭を撫《な》でられ、三姉弟《きょうだい》はうなずきながらその様子を優しく見守っている。さすがにどう反応していいか新は迷いつつ、とりあえずの訂正をする。

「さ、さすがに僕はこれ以上は大きくならないいんじゃないかな……」

「ぶっは！　あっはっはっはっはっはっ！　こいつらの方が上手やったなぁ、新！」

今まで俯《うつむ》いて黙っていた──笑いを堪《こら》えていたのだろう──紅鷹が、突如顔を上げて噴き出し、大声で笑い始めた。見れば、珠紀も口元を押さえて小さく笑っている。

子ども達は突然笑い出した紅鷹を見て、何がそんなにおかしいのかと、首を傾げている。

「ほれ、お前ら、ええから食え。新の分はちゃーんとあるさかい、二つずつ食べろ」

「くれたか、あらたのドーナツとったら、めっ！　しゅるからね！」

「わかったわかった。お前も遠慮せんと食ってええで」

子ども達を落ち着かせて食べさせてから、紅鷹はまだ少し笑いを引きずりつつ、新にもドーナツを勧めた。口に運ぶと、素朴で優しい味が体に染み渡っていくようだった。

「美味《お》しい……」

口に入れてから空腹に気付き、お腹が鳴って、子ども達に笑われた。


新と紅鷹は子ども達がおやつを食べ終えると、もう一度縁側に座り、境内に飛び出した子ども達を見つめる。遊ぶ姿は人間の子ども達とあまり変わらない。……と思ったが、一颯が「びゅーん！」と声に出して、風に乗るようにして宙を走っている。真似しようとする凪沙を、風香が止めている。

「あの子達は、悪い……妖怪ではないんですよね？　たしか、神使って……」

「そうやで。あいつらの親は神の使いや。あいつらはともかく、あいつらの親が悪いことなんかしたら、マジの神罰が下るで」

「どうしてそんな子ども達を、紅鷹さんが預かることになったんですか？」

「この寺は俺の……じいさんが住職をしとった寺なんや。じいさんも昔から妖怪が視えてな。ここは前から妖怪のたまり場で、コンの親もじいさんの知り合いやったらしくてな、コンも時々ここに預けられとった。んで、じいさんがおらんようになって、俺が跡を継いだ。ここに来る前は住職の資格取って、本山の教務所で働いとったしな。せやけどな……」

紅鷹が肩を落とす。聞いてはいけないことなのかと思ったが、紅鷹はため息交じりに続けた。

「思った以上に、金がなかったんや……」

「え」

もっと深刻な理由があるのかと思った。いや、充分深刻なことなのだろうが。

紅鷹はさらに肩を落とし、手で顔を覆い、泣き真似ではあるが声を震わせた。

「古い寺やから修繕費がアホみたいにかかるんや。補助金も出んことはないんやけど」

パッと覆っていた手を離して言うと、気怠《けだる》げに両手を床に突いて足を投げ出した。

「ほんで、俺の貯金がいよいよやばいなってなった時に、あいつらの親が『ここを保育所にして、自分らの子ども達を預かるのはどうや』って言うてきてな。『保育所にすれば、この寺の修繕費もこっちが出す』とまで言われたんや」

「そのお金はどこから……？」

「親も人間に化けて神社で働きつつ、神使やっとるみたいやわ。俺もよう知らんけど。……俺も個人的に頼みたいことがあったからな、断れへんかったんや」

適当な調子でそう言いつつ、紅鷹の横顔に、一瞬、翳《かげ》りが見えた気がしたが、瞬《まばた》きの間に、彼は疲れた顔で苦笑いを浮かべていた。

「せやけど、金に目がくらんで安請け合いするもんちゃうな。タマを探してきてくれたんはええけど、人間が俺だけではロクにあいつらの相手ができん。住職としての仕事も一応あるしな。この寺の仕事がおろそかになったら、本末転倒やからな」

（この人にとって、ここは大事なお寺なんだな……）

新は座敷と本堂に続く廊下を見つめる。天井には大きな梁《はり》があり、歴史のある家だとわかった。そんな新を見て、紅鷹は新が思ったこととは違うことを口にした。

「何で大した檀家《だんか》もない、こんな山奥の寺にこだわるんやって思てるやろ？」

「いえ、そんなことは！　すごくいいところだと思います、本当に！」

新が本心からそう言うと、紅鷹は心底信じられないという顔で見つめ返してきた。

「嘘やん。俺は絶対都会の方が便利でええと思うわ。ここから一番近くのコンビニでも車で三十分やで？　ないわー。ほんまないわー！」

「ええ……自分の家じゃないですか。というか紅鷹さんは、もともとこのお家《うち》に住んでたわけじゃないんですか？」

「俺はちょっと前までK都に住んでた。タマはH市内に長いことおったけど、今はこっから徒歩五分のとこに住んどる。ここは元はじいさんの家や。……もうおらんけど」

紅鷹がそう言った時、少し言い淀《よど》んだように聞こえたのは、新の気のせいだろうか。

「俺は昔から妖怪《ようかい》の類《たぐ》いが視えてたんやけどな、親にはそういうもんは視えんかった。ほんでここのじいさんに相談して、ときどき俺はここに預けられるようになったんや」

懐かしそうな目をして、紅鷹は穏やかに笑う。そしてまた、あの少年のような、いたずらっ子の笑みを浮かべた。

「長い休みにここに来るとな、川で泳ぎまくり、山で遊びまくりで楽しかったわー」

「あ、ここで何らかの修行してたとかってわけじゃないんですね……」

新の言葉に、紅鷹は真顔でヒラヒラと手を振る。

「ああ、ここはそういう霊験あらたかな寺ちゃうしな。……そういうわけで、俺にとって
ここは、思い出が詰まっとる場所やねん。手放したないし、どうしても続けなあかんのや」
最後の言葉だけは、軽い口調ではなく、笑みも消えていた。彼の色素の薄い瞳《ひとみ》が、妙に
深い、寂しいような色に見えた。
紅鷹は一つ瞬きをして、新に向き直る。その真剣な瞳に、気圧《けお》される。
「お前がつらい思いしたことは、ようわかった。そんなお前には、酷な頼みなのもわかっ
とる。せやけど俺は、あいつらをあんだけ笑わせられるお前がええと思たんや」
その瞳のまま、彼は新に向かって頭を下げた。
「俺もお前のその怪力のことは調べてみる。せやから、俺を助けてくれんか、新」
ふざけているようで、この人の芯《しん》は真っ直ぐで、人を思いやる優しさがあった。今日会
ったばかりだというのに、すでにその目は、新を信じてくれている気がした。
そして新も、その目を信じたくなっていた。
もしかしたら、ここでならまた、あの子達の保育士になれるかもしれない――そんな希
望を持ってもいいのかもしれないと。
声が出ない。せめて頭を上げて欲しいが、何か言葉を発すれば、結論を出さなくてはい
けないようで。

……まだ、迷っている。断れと、理性が叫ぶ。やってみろと、心が叫ぶ。

新が黙っていると、一颯の元気の良い声が聞こえた。

「あ！　どどせんせいだー！　おーい！」

見れば、コンと一緒に門の上に登っている。こっちに向かって手を振ってきた。

「くれたかー！　どどせんせえきたよー！」

「聞こえとる聞こえとる」

仕方なくと言った様子で、紅鷹は顔を上げ、コン達の方を向いた。

門の木戸から、背の高い、和服姿の男性が現れた。その手には大きな鞄《かばん》を持っている。

子ども達も懐いている様子で、その周りを歩きながら、一緒に玄関にやってきた。

コンに手を引かれて、百々《どど》と呼ばれたその男性はこちらへやってきた。その距離が近くなると、彼がずっと目を閉じていることがわかった。

（この人、もしかして目が……？）

目を閉じたまま、男性は紅鷹に顔を向け、優しい声で尋ねる。

「お客さまかな？」

「うーん、それは今んとこ返事待ちやな」

その答えに首を傾げた男性を、紅鷹が親指で指す。

「新、こいつは百々。この村唯一の医者や。この村じじばばっかりやから、こうやって往診しとるんや。ここの医者も兼ねてもらっとる。こんななりやけど、こいつも妖怪や」

「えっ⁉」

珠紀と同じく、人間にしか見えない。そんな新の胸中がわかるのか、百々は言った。

「私は元々人間だったんだよ。死んでから妖怪になったモノだからね。見た目が人間にしか見えないのはそのせいだと思うよ」

「こいつは別に化けとるわけやないんやと」

「私にそんな能力はないからね」

百々も珠紀同様、紅鷹とは仲が良いようだ。口調も態度も砕けている。

新は自己紹介していないことに気付き、慌てて立ち上がって頭を下げた。

「小森新です。あの、お医者さんということは、この子達は、何か病気を？」

「いや、彼らは健康そのものだよ。むしろ問題は紅鷹と珠紀さんだね」

百々はそう言って、紅鷹と、お茶を持ってやってきた珠紀に顔を向けた。まるで見えているようだ。珠紀は麦茶の容器とグラスを置いて、百々に笑った。

「新くんのお陰でさっきはちょっと眠れたし、結構回復しましたよ」

珠紀はそう言ったが、紅鷹が突然どさりと床に倒れ、自分の身体を抱き締めた。

「寒気と頭痛がする……きっとこれは過労のせいや。熱もある気ぃしてきたわ。あー、もう一人保育士がおったら俺もちょっと楽やねんけどなー！　どっかにおらんかなー！」

「うぐっ……！」

どんどん声が大きくなる紅鷹の言葉が、新の胸に刺さる。そういえば、その答えをまだ保留にしていた。

そんな紅鷹に顔を向けて、百々が呆《あき》れた口調で笑う。

「元気じゃないか。それに今日はずいぶん顔色がいい。少し眠れたおかげだね」

まるで見えているような言い方だが、百々が目を開けた様子はなかった。

紅鷹は舌打ちし、縁側から上がって百々の座るスペースを空けた。そして寝転ぶと頭を片手で支えて彼を睨《にら》む。

「チッ。そこは乗っとけや、人の心がわからんヤブ医者め」

「君は保育士として……いや、紅鷹に無理やりつれて来られたというところかな？」

紅鷹の暴言も気にせず、百々は彼が座っていた場所に腰掛けて、穏やかに尋ねてくる。

「いや、あの、まあ……はい」

事実そうなのでうなずく。新の答えにやはりかという顔をして、百々はため息を吐いた。

「確かに人を……人間を増やした方がいいとアドバイスしたのは私だが……無理やり連れ

てくるのはよくないだろう、紅鷹」

「人を誘拐犯みたいに言うなや。――あっ、そや！　百々、こいつ視たってくれ！」

突然大声を上げて起き上がった紅鷹は、新の背中をバシンと強く叩《たた》いた。痛いと言うより衝撃が強くて思わず小さく咳《せ》き込む。

「けほっ……。え？　み、みるって、何でですか？」

「どこか悪いのかい？　そうは見えないが」

首を傾げてこちらに顔を向ける百々に首を横に振る。紅鷹が百々の体を押し退け、先ほど沓脱《くつぬぎ》石の傍に置いた錠前を拾い上げた。

「これ、こいつが素手で壊したんやと」

紅鷹は先ほど新が破壊した錠前を百々の手に置いた。百々はそれを握るでもなく、ただ手の平に載せたまま、宙を仰いだ。

「ふむ……。両方から力を入れて折るように割れているね」

「あらた、パキッてちたの！　しゅごいねえ！」

いつの間にか、紅鷹の胡座《あぐら》の上にコンが座っている。コンはニコニコして、新を尊敬さえしていそうな目で見つめてきた。が、新は人の家の物を壊してしまったという反省と、自分の怪力への恐怖しかなく、静かに俯《うつむ》く。

「確かに、これを人間が素手で壊せるとは思えないね」

百々の言葉に心臓が跳ねた。それはまるで、人間ではないと言われているようで……。

ぽんと紅鷹が肩を叩いて、百々を親指で指した。

「新。こいつはこれでも『視る』ことだけは一流の高性能スキャナや。お前のその力のことも、何かわかるかもしれんで」

「本当ですか⁉　わかるなら、僕も知りたいです！」

普通の病院では、何も異常はなかった。異常がないはずはないのに。原因さえわかれば、元に戻れるかもしれない。その希望に縋《すが》りたかった。

百々が優しく微笑み、新に向き合った。

「何があったのかな？」

「三ヶ月前に大怪我をして死にかけたのに、すぐに怪我が治りました。その後、異常に強い力が出る時があるんです。病院で検査もしたんですが、異常はないって言われました」

生存の望みはほぼない、生きていても後遺症が残ると言われたと、あとから母に聞かされた。だが今の新は、以前より元気なぐらいだった。それが自分でも不気味で仕方ない。

百々は新の言葉に、呆れるわけでも疑うわけでもなく、ただ穏やかに言った。

「確かに不可思議だ。明らかに人の領域ではないね」

紅鷹に錠前を預けると、百々は手の平を新の方へ向けてきた。

「私の目は、見えないわけじゃないんだ。ただ、『視えすぎる』んだよ。だからこうして、目を瞑《つぶ》っている」

「こいつ俺らと同じぐらいのもんは普段も見えとるから、変に気ぃ遣わんでええで」

先ほど紅鷹の顔色のことを言っていたのも、そういうことかと納得する。

「視ても構わないというのなら、私の手に、君の手を置きなさい」

差し出された手を、新は怯《おび》えとともに見つめる。

人の領域ではない——つまり、妖怪が関係しているということ。自分はもしかしたら、人ではないのかもしれない。もしもそうだとしたら、それが判明するのも恐ろしい。しかし、このまま何もわからずに、この怪力に怯えるのだけは嫌だった。

差し出された手に、恐る恐る手を重ねた。

次の瞬間、背筋にぞくりと冷たいものが走る。多くの視線が突き刺さるような、そんな緊張で身体が強張《こわば》る。そんな新に気付いて、百々は穏やかに微笑み、優しい声で言った。

「これが私の性質でね。気味の悪い感覚かもしれないが、少し我慢してくれないかな」

「は、はい」

まだ身体に鳥肌は立っているが、それでも百々に手を触れ続けていた。彼はどういう妖怪なのか、少し気になった。

手を離したのは百々からだった。そう長い時間ではなかっただろうが、新は緊張で妙に長く感じた。

「その、何かわかりましたか……？」

恐る恐る尋ねると、百々は微笑んだ。

「結論から言うと、君は人間だよ。だが、妖怪《ようかい》の血も引いている。怪我の回復は、生死の境を彷徨《さまよ》った際に、眠っていた妖怪の血が生存本能として目覚めてしまったからだろう」

思ったより、ショックは小さかった。いや、むしろ人間だと言われた方が不可解だっただろう。しかし昨日までは存在しているなんて思ってもみなかった妖怪の血が自分にも流れていたなんて。たった数時間で、世界が一変してしまったようだ。

「あの、僕、昨日まではまったく妖怪なんて視えなかったんですけど、視えるようになったのは、妖怪の血が関係してるんでしょうか……？」

「おや、そうなのかい？　初めて視えたのは、今日のいつかな？」

新が考え込むと、先に紅鷹が答えた。

「玄関でコンがすり寄ったときちゃうか？」

足首のくすぐったさを思い出す。そのときは妖怪などとは思わず、猫が入り込んだのだと思った。それを聞いて百々は納得したようにうなずく。

「コンくんが触れたからかもしれないね。子どもとは言え、コンくんは妖力《ようりょく》が強い。強い妖怪が触れたことで、危険を察知し、視える力が引き出されたのだろう」

コン自身はそんな気はなかったのだろうし、百々の言葉も理解できていないようで、きょとんとしている。新と目が合うと、にこっと人なつっこい笑みを浮かべた。ついつられて笑ってしまったが、新はハッと我に返る。

「妖怪の血を引いてるっておっしゃいましたけど、そんなことあるんですか？」

新は緊張して聞いたが、紅鷹達に緊張感はまったくない。

「人間と妖怪の子孫か？　別に珍しいもんちゃうやろ？　俺は会《お》うたことないけど」

「大昔ならね〜。今は妖怪が視える人間が少なくなったのもあって、充分珍しいわよ」

「それに、ここまで代を重ねてまで妖怪の血が残っているのは、大物の証《あかし》だね」

百々の言葉に、新は自分の顔が引きつるのがわかった。

「お、大物……？　じゃあその、血を引いてる妖怪って、どんな……？」

せめて害のない妖怪だと言って欲しい。だが、新の思惑とは裏腹な言葉が返ってきた。

「大物だよ。八つの大きなヘビの頭が見えた」

何事もないかのように答える百々に対し、紅鷹と珠紀が一気に真顔になる。

「おい、そんなん一つしか思い浮かばへんぞ」

「……それしか、考えられないわよね……」

「そ、そんなに怖い妖怪なんですか⁉」

「名前ぐらい聞いたことあるやろ。日本のラスボス妖怪の代表格、ヤマタノオロチやな」

「ヤマタノ、オロチ……」

日本の神話で、昔話として絵本にもなっている。絵本でですえ人を食べたり生《い》け贄《にえ》を捧げないと暴れたりと、悪役として描かれている妖怪だ。新もよく知っていた。紅鷹の言う通り、妖怪の代表格だ。

気が遠くなりそうな新の前で、ふと紅鷹が首を捻《ひね》った。

「せやけど、めちゃくちゃ昔やんけ。マジでおったんやな。そっちにびっくりやわ」

「ああ、とても古い妖怪だ。長く代を重ねて、妖怪の血はごくごく薄くなっているよ。だから新くんはほとんど人間と言って差し支えない」

「え……差し支えない、ですかね……？」

新にとっては充分差し支えている気がする。

「で、でもヤマタノオロチって確かに大物ですけど……ヘビ、ですよね？　この怪力と何か関係あるんですか……？」

新が縋るように百々を見ると、彼は口を開いたが、ふと何かを考えこんだ。そして新と、そして紅鷹を見るように顔を向けてきて、微笑んだ。

「ここから先は特別料金が必要だね」

「ええ!? い、いくらお支払いすれば……！」

「阿呆《あほう》、払わんでええわ。いつもは金なんか取らへんやんけ。何勿体《もったい》ぶっとんねん？」

紅鷹が新の頭を軽く小突き、百々に怪訝《けげん》な目を向ける。彼は朗らかで、優しい笑みを浮かべた。それは勿体ぶったり意地悪というより、どこか見守るような笑顔だった。

「今ここで教えても構わないが、調べればすぐにわかることだよ」

「さては面白がっとるなお前!?」

「じゃ、じゃあ、どうすればこの怪力が治るのかだけでも、教えてください！」

新の言葉に、百々は首を傾げ、意外そうな顔をして事も無げに言った。

「それはもう君の性質になっているから、治せるものではないよ？」

百々の宣告は新にとって絶望的なものだった。しかし彼は大したことではないというように、のんびりと言う。

「そんなに深刻になるようなことではないと思うんだけどね。その辺が私達妖怪と人間の違いかな。そう心配しなくても、いずれコントロールはできるようになるだろう。君がその力から目を逸《そ》らさず、理解し、受け入れれば、いずれはね」

そう言った百々の笑みには、信頼感があった。しかしそんな穏やかな百々とは正反対に、紅鷹は厳しい声を上げた。

「おい百々。待てや。この際うちのことはええわ、こいつはつらい目に遭《お》うて困っとるから お前の力を頼っとんねん」

新のつらい経験を、彼は理解して、解決の糸口を得ようとしてくれていた。

紅鷹は百々を睨《にら》んだが、彼は変わらず、ニコニコと紅鷹に笑った。

「私が答えを言ったところで、状況はそう変わらないよ。それに、誰かと一緒に悩むことも、君は一度経験するといい。それは君のためにも、新くんのためにもなるだろう」

「っかー！　達観しとる年上目線、腹立つわー」

「実際私は君より何百年も年上だからね。そこを君も頼っているだろう？」

睨む紅鷹をものともせず微笑む百々は、どこか面白そうだ。

「あの、僕は誰かを巻き込む気はありませんし、そんなご迷惑になるようなことは……」

紅鷹は新の言葉の途中で、遮るように大きくため息を吐いた。

「かまへん。元はと言えば俺がここまで連れてきたんや。巻き込まれたるわ。お前はうちの保育士になるんやからな！」

「……ん？　いや待ってください、それまだ保留の話ですよね⁉」

「あ、せや、新」

紅鷹は心地良い明るい声で新を呼び、パチンと指を弾《はじ》いた。その表情には言葉と同じく、快活な笑みがあった。新の言葉は聞いていない。

「お前、ここでその力をコントロールできるようになったらええ！　ここにはちょうど妖怪がわんさかおるし、何かのヒントがあるかもしれんで⁉」

それはこの保育園に勧誘する方便半分ではないかと思ったが、実際、ここで原因がわかったのだ。もしかしたら、コントロールもできるようになるかもしれない。

「でも、この怪力の原因はわかってないんです。この力が、子ども達に向かったら……！」

もしも自分がコン達を傷つけたら……。自信なんてない。さっきだって、どうしてあんな力が出たのかわからないのだ。

恐怖に身体を強張らせていると、新の耳に、珠紀と百々の優しい笑い声が聞こえてきた。

「なーんだ、新くん、そんなことを気にしてるの？」

「大丈夫だよ、妖怪は人間ほど簡単に傷付きはしない。ましてこの子達は妖力が強いからね。たとえ君が少し力を込めたとしてもなんともないよ」

「でも……！」

「心配なんやったら、実際に試してみたらええやろ。そうやな……腕相撲でどうや？　それでわかるやろ」

近くを走っていた一颯がそれを聞きつけ、手を上げながらこちらへやってきた。

「うでずもう！　おれもやる！」

紅鷹は躊躇《ためら》う新の手首を掴《つか》み、一颯の手と握らせ、肘《ひじ》を縁側の床に突かせた。

「ちょ、ちょっと、紅鷹さん！」

「ほれ手ぇ握って、いくでー。本気でやれよー」

「あらた！　てかげんは、なしだぜ！」

そう言った一颯の身体が、ほのかに光っている気がした。新がその光を見つめていると、紅鷹の「レディー、ゴー」という、微妙にやる気の感じられない号令がかかった。一颯が新の手をぎゅっと握った。次の瞬間。

「とーう！」

一颯がかけ声と共に、新の腕を倒した。新は腕を引っ張られて、肩も床に着いてしまう。

「いえーい！　おれのかちー！」

新はぽかんとして、自分の手と、万歳して飛び跳ねる一颯を交互に見つめる。

妖怪とは言っても、子どもの小さな腕だ。力を入れていなくても、簡単に倒れるはずはないと思っていた。しかも一颯は楽しげで、踏ん張った様子もなかった。

「コンもやる！　コンもやるぅー！」

　コンとやっても、結果は同じだった。新は手を握っていなかったが、今度は倒されないよう、腕を支える力は強く込めた。それでもコンも一颯と同じく、難なく新の腕を倒した。

　リコと風香、凪沙もやってきて、全員とやってみたが、結果は同じだった。

「な？　百々の言うた通りやろ？」

「何であんたが得意げなのよ、そんな顔して普通の人間のくせに」

「その力が向かう先を心配する相手は、紅鷹ぐらいだよ」

「おう喧嘩《けんか》売っとんのかコラァ。誰が心も顔もイケメンの普通の人間じゃ」

　百々と珠紀を睨んでから――しかし彼らの言葉も特に否定せず――紅鷹は新を見て笑い、その背中を叩《たた》いた。

「新！　これでお前の心配は解消されたやろ？」

「え？　いや、全然解消されたわけじゃないんですけど……」

「細かいことはええんや。ここやったら、こいつらの先生にもなれるで」

　紅鷹の肩におんぶされるようにのしかかっていたコンが、それを聞いて新に飛びついた。

「あらた、あちたも、コンとあそべる!?」

ぎゅうっと新の腕を摑んでくる手。さっきは、この手を摑むのが恐ろしかった。今も怖いが、不思議と少しだけ心が軽くなっている。コンの目を見つめることはできた。

「本当に……僕に、務まるでしょうか……」

「お前にしか務まらん」

きっぱりと断言される。根拠なんてないと、言うのは簡単だった。だが、紅鷹の目は、すでに新を信じていた。この信頼を簡単な言葉で払い除《の》けることが、新にはできなかった。

コンの肩にそっと手を置くと、コンは新にぎゅっと抱きついてきた。そのあたたかさに、誰よりも新が安堵《あんど》し、思わず微笑んで紅鷹を見つめた。

「……よろしく、お願いします」

そう言って頭を下げると、頰にくすぐったさを感じた。抱き締めているコンの耳が動いて、新の頰をくすぐっている。嬉《うれ》しそうに期待した目が、新を一心に見つめている。

「あらた、あちたもくる!? コンとあそぶー!?」

「うん……遊べるよ」

そう言えるのが、自分で思っていた以上に嬉しくて、新の顔にも笑みが浮かぶ。

「どうしたのー?」

遊んでいたリコがやってきて、首を傾げた。

「あちたからねえ、あらたもいっちょにあそぶって！」

「……ほんと？　あそんでいいの？」

リコのクールな表情に、ポッと明かりが灯《とも》るように嬉しさが滲《にじ》んだ。それが嬉しくて、新も笑って答える。

「うん、みんなでたくさん遊ぼうね」

その間にやってきた三姉弟《きょうだい》も話を聞いて、笑顔になった。一颯が新の手を握る。

「あらたのこと、おれたちがまもってあげないとな！　あらたはニンゲンだもんな！」

「ニンゲンはよわいんだから！　あたしたちが、まもってあげなきゃいけないのよ！」

「うん、ぼく、まもる」

お姉さん然とした風香の言葉に、凪沙はこくりと素直にうなずいた。

「コンもあらた、まもるー！　コンねえ、ニンゲンを、しあわせにするの！　だから、あらたが、たすけてっていったら、たすけて、まもってあげるからね！　やくしょく！」

「わたしも、やくそく。まもってあげるから、いっぱいあそんでね」

五人の子ども達は、一斉に小指を差し出してくる。嬉しい申し出に、新も両手の小指を、みんなに差し出した。

「じゃあ僕も。みんなが困ってたら、僕も助ける。だから困ったことがあったら言ってね」

左の小指にはコンとリコが、右の小指には三姉弟が、小指を引っかけた。

「指切りげんまん、嘘ついたら……」

そこまで言ったところで、紅鷹の声が遮る。

「おい新、やめとけ。妖怪《ようかい》と下手に約束するもんやないで。こいつら冗談通じへんからな」

紅鷹の両の指が、子ども達の上から新の指に絡まり、彼は大きな声で歌い出した。

「指切りげんまん、嘘ついたらおやつはぜーんぶ俺の！　はい指切った、っと！」

紅鷹の歌と動作で、全員の手がパッと離れた。子ども達は不満そうに紅鷹を見上げる。

「えー！　くれたかにあげるのー？」

「嘘つかんかったらええんや。できるやろ？」

「できる！」

子ども達は指切りをした小指をじっと見つめ、はにかむように笑った。その頭を一つずつ、少し乱暴に撫《な》でてから、紅鷹はニッと新に笑いかけた。

「っちゅーことで、よろしくな、新！」

その強引な笑顔にやっぱり新は引っ張られて、笑ってうなずいていた。

第二章　怖くても、ちょっとずつ

紅鷹《くれたか》が住職を務める彩柏寺《さいはくじ》へ向かうのに、公共交通機関は使えない。山奥に電車はなく、バスも数年前に廃止されているからだ。

新《あらた》が車を運転するのは久しぶりだった。もうほとんど使っていないという母の実家の軽自動車を緊張しながら運転し、ようやく着いた。体感時間は長かったが、市内を抜けてからは車はほとんど通らず、始業時刻と言われた時間よりも一時間も早く着いてしまった。

「おはようございます！」

玄関を開けてあいさつしたが、電気もついておらず、家の中は静かで返事もない。

紅鷹はこの寺に一人暮らしだと聞いていた。どこかに行っているのだろうか。

上がろうかどうしようか考えていると、座敷の向こうの木戸がゆっくり開いた。てっきり紅鷹だと思った新は顔を上げたが、そこに紅鷹の綺麗《きれい》な顔はない。視線を下げると、ピコピコ動く三角の耳があった。

「あれ？　コンくん？」

目を擦《こす》って欠伸《あくび》をしながら、コンはぼんやりした目を新に向けた。パチパチと瞬《まばた》きすると、しっぽと目を大きくして、新に飛びついてきた。

「あらただぁー！　おはよぉ！」

両手を上げて飛びつくコンを、新は少々驚きながら抱き留める。

「おはよう。コンくん、昨日ここにお泊まりしたの？」

「うん！　コンねえ、よくおとまりするのー！　くれたか、まだねてるよ！」

コンは新の腕から下りて襖《ふすま》の奥へ走っていき、声を張り上げた。

「くれたかー！　あさだよー！　あらた、きたよー！」

ややあって、紅鷹の寝起きで掠《かす》れた声が小さく聞こえた。

「うるっさ……もうそんな時間か……。顔洗ってこい」

「あい！」という元気な返事をして、コンは新の前を横切っていく。そして襖の隙間から、人が起き上がる様子が見えた。が、また倒れ、ずるずると畳を這《は》う音を立てながら襖が大きく開いた。まだタオルケットを背中にひっかけたまま、紅鷹がこちらにやってきてのそのそと起き上がった。髪には少し寝癖がついている。

「……悪いけど、まだ何も用意してへんねん。ちょっと待っててくれ。あー……」

低い声を発し、顔を両手で撫でてから、紅鷹は顔を上げてようやく立ち上がった。その顔は、やはり疲れているように見えた。眠れていないのかもしれない。

「あの、本当に大丈夫ですか、紅鷹さん」

「どもない。いつものことや。それに今日からは自分がおるし、だいぶ楽になりそうやわ」

そう言って笑ったが、紅鷹の顔色は良くない。コンに飛び乗られたからではなく、その顔は疲弊している。

新が心配していると、コンの軽快な足音が戻って来て、紅鷹の足に飛びつく。

「くれたかー、おなかすいたー！」

「わかったわかった、用意するさかい、大人ししとれ。ふあ……俺も顔洗ってくるわ。ちょっとコンの支度、手伝っといてくれ。あ、着替えはええで。飯食ってたら汚れるさかい」

「よごしゃないもん！」

「嘘つけ～」

疲れた顔は気になるが、今は言っても仕方がなさそうだ。

朝食はおにぎりと、卵焼き、ウインナー、そして油揚げとわかめの味噌汁《みそしる》だった。ある程度は珠紀《たまき》が用意してくれているらしく、紅鷹は電子レンジで卵焼きとウインナーを、ガスコンロで味噌汁を温める程度だった。

コンが「あらたも、いっちょにたべよ！」というので、味噌汁だけもらうことにした。しっかり出汁《だし》をとっているようで、香りが立っていて美味《おい》しい。

「お味噌汁、油揚げ入ってるね。コンくんは油揚げ、好き？」

狐だからてっきり好きなのだろうと思って尋ねたが、味噌汁を飲んでいたコンは、じっとお椀《わん》の中を見つめて首を振った。

「うーん……コン、あぶらげ、たべるけど、あんましー。ドーナツのほうが、しゅき！」

「え？　そ、そうなの？　意外……」

「奉納が多くて食べ飽きたんやと」

「な、なるほど……？」

食べ飽きるということはあるのだろうか。たどたどしくお箸《はし》を握り、味噌汁の具を掬《すく》って食べるコンを見て、新はふと気になっていたことを紅鷹に尋ねた。

「コンくんは、ここによく泊まるんですか？」

「こいつの親はかなり位の高い神使でな。多忙でなかなか帰ってこられへんねん。最近はほとんどここにおる」

基本的に、五人の子ども達と珠紀はここに通ってくる。普段は親の仕えている神社の力を受けた祠《ほこら》などが家になっているとのことだった。

「紅鷹さんは、ここにお一人で暮らしてるんですよね？　いつから？」

「言うて俺も一年いくかいかんかやなぁ。じじいがおらんようになってからやさかい」

一年前に亡くなったということだろうか。ということは、コンの世話は、夜から朝は紅鷹一人でしているということだ。それでこの疲労なのだろう。

新の心配をよそに、紅鷹は時計を見て、コンに声を張り上げる。

「ぼちぼち他の奴も来る時間やな。コン、着替えてこい！」

「あい！　あらた、てつだってぇ」

「コラァ、甘えんな！　自分でできるやろ！」

コンは新が来たことが嬉しくて甘えているようだ。それはそれで新も嬉しい。

「じゃあ、コンくんが上手に着られるとこ、僕にも見せて」

「うん！　うん！　コン、ちゃんとふく、きれるよー！」

コンが着替えていると、玄関の戸が開く音がして、三姉弟の元気な声が聞こえてきた。

新の保育士としての日々が、再開する。


出勤一日目は、なんとか無事に終わった。午前はみんなで朝の読経をしてから、変化《へんげ》や人間社会について学ぶのだという。この日は『まねっこあそび』という名目で変化の練習をした。時間が余っていればお昼ご飯まで自由に遊ぶ。午前中に変化の練習をすると疲れるので必ずお昼寝をして、お迎えまで遊ぶというスケジュールのようだ。

リコと三兄弟、珠紀も帰った後、新は今日も彩柏寺に泊まるコンに引き止められて、帰るのが夜になってしまった。夜道をそろそろと運転しながら、新は一人笑った。

(何とかやって行けそう……かな。今のところ、怪力が出たのは蔵の南京錠を壊した一回だけだし、紅鷹さんも何だかんだいって世話好きな性格みたいだし)

多少雑なところはあるが、紅鷹は子ども達のあしらいが上手《うま》い。何より、子ども達に好かれていた。紅鷹も子ども達を可愛がっているのが、表情の端々からもわかる。

(……でも、紅鷹さん、大丈夫かな。疲れてるみたいだし……)

そんなことを考えながら、山道のカーブを曲がったその時。

車のライトに照らされた二つの瞳《ひとみ》が、新を見つめていた。

新も帰宅し、紅鷹は居間でノートパソコンを広げていた。ネット環境ぐらいは整っていないと山奥でなど生きていけない。

「あー、これか……」

新の言葉を疑うわけではなかったが、彼のいう事故の詳細が知りたくて、紅鷹は彼の名前を検索した。ヒットしたのは小さな記事。小学二年生の男児を庇《かば》って意識不明の重体とある。幸い、男児は軽傷で、命に別状はなかったようだ。

この件で、これ以上の情報はなさそうだ。紅鷹は別のキーワードを検索バーに打ち込む。

紅鷹が検索した情報を読み込んでいると、コンが背中にのしかかってきた。

「くれたか！　あーしょーぼー！」

「あーとーで」

「ぶうー！　くれたか、いっつもそれー！」

勝手に負《お》ぶさりながら、ほっぺを膨らませていたが、コンはすぐに話題を変えた。開いたページの一文をたどたどしく口に出して読む。

「や……やま、たの……お、ろ、ち？」

「お、結構読めるようになったやないか」

「えへへぇ。やまたのおろち、って、へび？　あらたもこれ？」

どうやら昨日、百々《どど》が新を視て言ったことを、コンも覚えていたようだ。

「ヤマタノオロチの子孫っちゅーことは……そういうことかもなぁ」

コンが首を傾げた直後、少し離れた場所に置いてあったスマホに着信があった。紅鷹が手を伸ばす前に、コンがサッと取って、通話のボタンを押した。

「もちもちー？　コンです」

「コルァ、勝手に出るな！　もしもし、相澤《あいさわ》で――」

誰だかわからなかったので電話を耳に付けながら余所《よそ》行きの声を出したが、電話の向こうから聞こえて来たのは、新の慌てた声だった。

『紅鷹さん！　ど、どうしよう、僕、あ、あ、あの……！』

「どうした、何かあったんか？　無事か？　今どこや？」

電話の向こうでは、新が動揺した様子で紅鷹の声に答えていた。

「――ああ、トンネル過ぎたとこやな。落ち着け、とりあえず、お前は無事なんか？」

『は、はい、無事です、僕は。多分シカ？　が飛び出して来て、当たっちゃって、それでその、車が、動かなくなってしまって……！』

「あー……田舎ではようあるやつやな」

『よくあるんですかぁ!?』

よくあるが、出勤一日目でそれとは、あまりに運が悪い。紅鷹も思わず苦笑した。

「あるある。待ってろ、ロードサービス呼んで、迎えに行ったるわ」

もう夜も遅く、コンもいるので、世話になっている母の実家の伯母《おば》夫婦に連絡を入れて、新は彩柏寺に泊まることになった。幸い、服が汚れるのは保育士経験から想定済みで、何着か着替えを持って来て車に置いていた。しばらくするとロードサービスから、新のスマホに着信があった。電話を切った後、新は泣きそうな顔を紅鷹に向けた。

「廃車って……言われました……！」

「せやろな。御愁傷様」

「どうしよう、車、新しいの買うしかないのかな……」

「まあ田舎やし、持ってへんと不便っちゅーか、人権すらないっちゅーか――」

そこまで言って、紅鷹がまるで動画を一時停止したようにピタリと止まった。

「紅鷹さん？」

新が呼びかけると、彼は突然こちらを振り向き、新の肩を叩《たた》いた。

「住み込みになったらええやん!?　それや！　それがええわ！　俺天才やな！」

「え……住み込みって、ここにですか!?」

「毎日通うのも大変やろ？　部屋は余りに余っとるさかい、好きに使《つこ》たらええ。な！」

「た、確かに正直、母の実家からは結構遠かったし、アパートとかもなさそうだったので、有り難いですけど……」

「ほな決まりやな！」

紅鷹の強引さはもう充分理解はしているつもりだが、流されっぱなしではないだろうかと、少し引っかかる。

（でも、悪い人ではないし……これだけ疲れてるのを見ると、なぁ……）

現に今も紅鷹は欠伸《あくび》をしている。

「ありがたいですけど、どうしてそんなに必死なんですか？　何かあるんですか？」

紅鷹が突然微笑む。やはりこうして見ると人間離れした美形だ。綺麗《きれい》な笑顔で、紅鷹は口を開いた。

「――別に、何もないで？」

「何かあるなら今のうちに教えてくださいよっ！」

笑顔で流そうとした紅鷹に、彼の性格がわかってきた新は慌ててその両肩を摑《つか》んだ。

「心配せんでも、幽霊が出るとかやないて。……ま、それは後でちゃんと説明するわ」

紅鷹は新の手をやんわりと退けて、ちらりと、ブロックで遊んでいるコンを見つめた。

そして新に顔を近づけ、声を潜めた。

「コンがおらん時にな。あいつ、気にしよるさかい。——コン、ちょっとこっち来い」

ピコ、とコンの耳が動き、琥珀《こはく》色の瞳がこちらを向く。紅鷹がコンを手招きすると、ブロックを持ったまま、コンはとてとてとこちらへやってきて、紅鷹の膝《ひざ》に座った。

「コン、これから新は住み込みに……あー、一緒にここに住むことになった」

紅鷹が簡単に説明すると、コンは嬉《うれ》しそうに声を上げた。

「あらたも、おとまり⁉　コンといっちょ⁉　よるごはんも⁉　おふろも⁉　ねんねも⁉」

目をキラキラさせ、しっぽをぶんぶん振って喜ぶコンに、新も嬉しくなってしまう。

「そうだよ。これからはお家《うち》でもよろしくね、コンくん」

「「やったー！」」

コンの上ずった声に、紅鷹の力強い声も重なる。彼が喜ぶと、何か安請け合いしてしまった気がして若干不安になる。そんな新の前で、紅鷹はガッツポーズをした。

「これで俺はゆっくり酒が飲める……！　一緒に飲むか新！」

「それが目的だったんですか⁉　あと僕、お酒全然飲めません」

「なーんや、つまらん。っちゅうか、別にそれだけが目的ちゃうわ、一番の目的っちゅうだけや！　ちゃんと家に連絡しとけよ〜。とりあえずの着替えやら必要なもんは、明日《あした》終わってからでも取りに行こか。ちゃんとした引っ越しの日も決めなあかんな〜」

すっかり上機嫌になり、紅鷹は鼻歌を歌いながら冷蔵庫へ向かっていた。

その夜のコンは新にべったりで、お風呂も一緒に入った。しかし髪と身体を拭いて、パジャマを着せると、コンは脱衣所を一人で出ていった。

新は居間に向かう。風が通るからか、ガラスの引き戸が開いたままだ。紅鷹の背中が見えるが、コンの姿はない。

紅鷹はノートパソコンで何かを熱心に見ているようで、新には気付いていなかった。遠目にその画面が見える。八つの頭を持つヘビのイラストが表示されていた。ヤマタノオロチに関するページのようだ。

(もしかして、調べてくれてる……?)

「紅鷹さん」

背後から呼びかけると、紅鷹はバタンと音が鳴るほど勢いよくノートパソコンを閉じた。

「うおおビビった！　もっと足音立てろや！　こっちはエロいページ見とったんやから！」

「コンくんがいるんだからやめてください！」

紅鷹は明らかに、パソコンのページを新から隠した。ヤマタノオロチのことを調べてくれていることは嬉しかったが、協力というよりも、これはもしかすると……。

（警戒、されてるのかな。そりゃ、そうか……）

ヤマタノオロチは新でも知っている大妖怪《ようかい》だ。人を食べたり生《い》け贄《にえ》を求めたり、どう考えても危ない妖怪だ。そんな血を引いている新は警戒されても仕方がないのかもしれない。

（僕は……本当に、あの子達の保育者として相応《ふさわ》しいのかな……）

一度は心に決めたはずなのに、また迷いが生じてくる。自分に恐ろしい妖怪の血が入っているとなると、なおさらだった。

紅鷹はすでにいつも通りの表情になって、缶ビールを傾けている。新も追及する勇気はなく、話題を変えた。

「コンくん、先に上がったんですけど、こっちに来ませんでした？」

てっきり紅鷹のところへ行ったのだと思ったが、居間にはいない。

紅鷹は何か思い当たることがあるらしい。立ち上がり、新を手招く。

「そーっとついて来い。そーっと、静かにやで」

缶ビールを持ったまま、紅鷹は廊下に出て、書院に向かう。書院の扉は障子になっており、子ども達が届く位置にだけ穴が開いている。紅鷹はその障子の穴を指差す。そこから中を見ろということらしい。

古い鏡台の前に、すらりとした和服の女性がいた。ここには新と紅鷹、そしてコンしかいないはずである。

（だ、誰……!?　まさか、ゆ、ゆぅれ――）

　びくっと肩を弾ませた新の反応を見て、紅鷹が後ろから声を向けてくる。

「あれはコンが化けとる、コンの母親や。アレ見られると、あいつなりに恥ずかしいらしくてな。いっぺん声かけたらめちゃくちゃ拗《す》ねたんや」

　小さくとも、そこにはコンなりのプライドがあるようだ。しかしそれとは別に、両親と離ればなれなのは、やはり堪《こた》えるものがあるのだろう。

「……やっぱり、さみしいんですよね」

「実際、あいつが何年生きとるんかは俺も知らんし、人と妖怪ではその辺の尺度は違ぅんやろうけど、精神年齢はそこらの子どもと変わらんからな」

　そんなさみしい思いを抱えながらも、コンは明るく、元気に過ごしている。

「無理を、してないでしょうか……」

「多少はあるやろな。それと関係してんのかはわからんが、もぅ一つ、あいつのことで言うとかなあかんことが――」

　紅鷹が何か言いかけた時、障子がスパンと勢いよく開いた。

「なにちてんの？」

そこに新と紅鷹がいたことに、コンはびっくりした顔をした。新が誤魔化すまでもなく、紅鷹がさらりと答える。

「この家広いやろ？　新が迷子になってしもてなぁ、泣いとったんや」

勝手なことを言われて苦笑する新の手を、コンが心配そうな顔で握った。

「あらた、ないてたの？　コンがいっちょにいてあげるからね、こわくないよ！」

自分もさみしさを抱えているのに、優しい子だ。新は微笑んで、コンと目線を合わせた。

「うん、ありがとう。実は、暗いところが多くて、ちょっと怖かったんだ。コンくんが一緒にいてくれたら、僕も平気だよ」

「ほなコン、新に一緒に寝てもらえ。布団は好きに使《つこ》てええし、頼むわ」

新がうなずくと、コンは厳しい目をして、背を向けた紅鷹をビシッと指差す。

「くれたか、おしゃけのむきだー！」

「新を頼んだで～、コン」

「あい！」

頼られて嬉しいのか、コロッと態度を変え、コンは元気よく手を挙げて紅鷹に応《こた》えた。

こっちこっちと、コンが新の手を引いて、寝所としている奥の座敷へ向かう。その前に、紅鷹が新に目配せした。「さっきの話はまた後で」そう言ったのだろう。新も無言でうなずいてから、手を引っ張るコンについていった。

奥の座敷は裏庭に面しており、景観が見えるようにか、上が障子、下がガラス戸の雪見障子になっていた。

押し入れからコン用の小さな布団と、新の分の布団を出して敷く。ふと顔を上げると、座敷のガラス戸の上に、写真が飾ってあった。色褪《いろあ》せた古い写真で、おじいさんとおばあさんが写っている。おばあさんと紅鷹の目元が似ている気がした。

(紅鷹さんのおじいさんとおばあさん……かな？　あれ？　でも亡くなったのは最近なんだよね……？　随分古い写真だし……)

飾られた写真は、どう見ても古いものだ。紅鷹の曾《そう》祖父母だろう。もし祖父母が数年の間に亡くなったとしても、写真はもっと新しいもののはずだ。

写真を見て首を傾げる新に、コンが足元から声をかけてきた。

「あらた、どちたの？　ねんねちない？　あしょぶ？」

「んー、そうだなぁ。じゃあ、寝転びながらお話しよっか」

「しゅるー！」

すぐさま返事をして、コンは敷き布団にころんと転がった。

常夜灯だけを残して電気を消す。やわらかいオレンジ色の光が室内をぼんやりと照らす。

新が隣に横になると、コンはくすくすとくすぐったそうに笑った。

「んふふ。あらたとおとまり、たのちいねえ」

「ふふ、そうだね、楽しいね」

新が笑みを返すと、コンはしばらく笑っていたが、不意にタオルケットを手繰り寄せて、目元だけを出して新を見つめてきた。

「……あらた、おかあしゃんと、おとうしゃんいなくても、へーき？　さみちくない？」

新を自分に重ね合わせたのか、そう尋ねてきた。

「僕は子どもの頃からゆっくりゆっくり、お父さんとお母さんから離れても平気になったんだ」

「ゆっくり、ゆっくり？」

「コンくんと同じぐらいの子どもの頃は、お父さんとお母さんと一緒に寝てたよ。けど、背が伸びてくるにつれて、今度は一人で寝たくなったんだ」

「コンも、おっきくなったら、へーきになる……？」

「なるよ。でも、今はさみしくてもいいからね。さみしかったら、僕や紅鷹さんに言っていいからね」

コンはじっと考えこんでいたが、タオルケットの向こうから、小さな声で答えた。

「……コン、さみちくない」

意地を張っているというより、そう言って、自分を鼓舞しているように聞こえた。素直になってくれてもいいのにと思ったが、彼のプライドを守ることも大切だ。

「そっか。僕も今、コンくんがいるから、さみしくないよ。楽しいよ」

新がそう言うと、コンは目をパチパチさせた。新の言葉に照れて、コンはタオルケットで顔を隠した。興奮してなかなか眠れそうにないかと思い、新は小さな身体に手を伸ばし、トン、トン、と優しく背中を叩《たた》く。と、コンはひょこっと目元を出して新を見つめてきた。

「あ、びっくりした？」

目を丸くしていたコンだったが、新がそう言うと、にこっと嬉《うれ》しそうに笑った。

「ううん。これねえ、おかあしゃんもおとうしゃんも、くれたかもやってくれるの。あらたもやってくれるの、うれちい！」

「よかった。じゃあ、コンくんが眠るまで、トントンしてるね」

くすくす、うふうふと楽しそうな声で笑っていたコンだったが、そのうちその瞼《まぶた》が重そうに落ちてきた。ハッとして新を見て目を擦《こす》るが、その数秒後にはまたうとうとする。白目を剝《む》いてまで睡魔と戦っている様子に、笑いを堪《こら》えていると、とうとうコンの瞼は開かなくなった。その頃には新の方にも睡魔が襲ってきた。

（何か、僕まで眠くなってきたな。やっぱり、久々だと疲れるな……）

コンの背中を叩く手が、さらにゆっくりになる。そういえば、紅鷹の話が途中だった。

（まあ、いいか。あの人なら、僕が寝てたらきっと叩き起こす、だろうし……）

少しぐらいは眠ってもいいだろう。瞼を閉じると、コンの背中を叩く新の手も止まった。


「新！　起きろ！」

「ぅあ⁉　はい、すみません⁉」

紅鷹の大声で、新の意識が覚醒《かくせい》する。寝坊したのかと思いがばりと起き上がる。が、朝というのにはまだ暗い。それに、室内が妙に青白かった。常夜灯は確か、やわらかいオレンジ色のはずだったが。

その時、新の目の前を、熱と共に青い何かが横切る。

「ひ、火の玉……⁉」

拳《こぶし》ほどの青い炎がふよふよと浮遊し、立っている紅鷹の顔の高さにまで昇っていく。

「違う。これは――」

バチンと頭上で音がして、オレンジの光が消え、代わりに青い光が強くなる。蛍光灯に、青い炎が燃え移っていた。炎は一気に燃えさかり、蛍光灯を包んだ。天井から垂れ下がったコードが焼き切れ、蛍光灯が落ちてくる。――その真下には、コンが眠っている。

「コンくん!」

新は咄嗟《とっさ》にコンの身体を抱きかかえた。

「新!」

紅鷹の叫び声が聞こえたが、新は目を閉じる。落ちてくる蛍光灯から、コンと自分を庇《かば》うように腕を上げる。腕に当たった瞬間、衝撃があった。

直後に聞こえたのは、バリンという大きな音。

顔を上げると、裏庭に面する雪見障子のガラス戸が割れて、蛍光灯が裏庭を通りすぎて裏山の斜面まで飛んで行った。風圧と地面に落ちた衝撃でか、青い炎は消えている。

シンと静まった室内。遮る物がなくなり、夜風と共に外の虫やカエルの合唱が大きく聞こえて来た。コンを抱き締めてポカンとしていた新は、ようやく我に返って、割れたガラス戸を見て声を上げた。

「わあああああっ⁉　何⁉　何が……⁉」

「いや何でお前がびっくりしとるんや」

何が起こったのかわからず、紅鷹を見上げる。彼も新の顔を見て不思議そうな顔をしたが、急に納得した。

「ああ、もしかして、例の怪力が出たんか」

「へ……？」

「アレぶっ飛ばしたん、お前やで？」

紅鷹は裏庭を通りすぎ、裏山の斜面に落ちた蛍光灯を指差す。

（またやってしまった……！）

右手で頭を抱え、左手にコンを抱えていたことを思い出した。慌ててコンを見下ろす。あんな力が出たなら、コンに危害が及んだかもしれない。冷や汗が噴き出たが、コンはすやすや眠っている。力が抜けるほど安堵《あんど》したが、まだ手は震えていた。

「よ、よかった……」

「何や、握り潰《つぶ》したとか思たんか？　アホか、こいつらには効かんて、腕相撲してわかってるやろ。いらん心配や」

呆《あき》れた紅鷹の言葉は、新の張り詰めていた神経に障った。気付いた時には、紅鷹に向かって大声を上げていた。

「心配にもなりますよ！　僕はほとんど無意識だった！　もしかしたら……！」

紅鷹は黙って、目を瞠《みは》っている。その目を見てハッとする。自分がこの怪力をコントロールできないのが悪いのに、これでは八つ当たりだ。

「……すみません……」

新が謝ると、紅鷹はそこでやっと不満そうな目をした。怒鳴ったことより、謝ったことの方が気に食わないらしい。

「謝んな。俺も謝らへん。お互い、思ったこと言うただけやからな。お前はコンを握り潰すつもりやなくて、助けるつもりやったんやから、無事に決まっとるやろが、アホ」

当事者だった新と、傍で見ていた紅鷹。どちらの言っていることが真実か、新にはわからない。だが、紅鷹は嘘を言ったり、下手に慰めたりする人でもない気がした。

それでも腕が震え、それを見かねて、紅鷹がコンを抱き上げた。

「お前が蛍光灯をぶっ飛ばしたおかげで、コンは無事やったんや。これだけは事実や。

――そっちの部屋に布団敷いてくれ、こいつ置いとくわ」

「……はい」

紅鷹は過剰に心配するわけでも慰めるわけでもなく、普段の口調だった。それが新を落ち着かせた。

隣の和室に布団を敷いてコンを寝かせてから、新は改めてガラス戸を見つめて紅鷹に頭を下げる。

「すみません、ガラスが……」

「それよりお前の腕は大丈夫なんか？」

「え？……あ、はい。何ともないですけど……」

そう言ってから、はたと気付く。あれほど燃えている蛍光灯を手で払ったのだ。普通は火傷《やけど》の一つも負っているはずだ。しかし手は痛くもないし、赤くもなっていない。

紅鷹も新の腕をじっと見つめ、怪我がないことを確認すると、ぽつりと呟《つぶや》いた。

「これが大妖怪《ようかい》の血か」

そう言った紅鷹の顔を見ることが出来なかった。実際に怪力を目の前で見て、無傷の様を見て、彼は何を思ったのだろう。

（やっぱり、恐れられてるのかな……）

彼はヤマタノオロチのことを調べていた。新のこの血が危険だとわかったら、どうするのだろう。

（……追い出される、のかな……）

そう考えると胸が痛んだが、少しばかり心が軽くもなった。ここでは新を必要としてくれる人がいる。だが、大切になればなるほど、この力が彼らに向かったらと思うと怖い。

「そや、はよ片付けて塞《ふさ》いどかんと、虫が入って来よるな」

「あ！　僕がやります！……すみません」

何度も謝る新に紅鷹は心底面倒臭そうな顔をして大きくため息を吐き、痛いほどに髪をぐしゃりと掻《か》き混ぜてきた。

「お前までコンみたいな顔しなや！　大の男にされるとうっとうしいねん！　抱っこして宥《なだ》めて欲しいんか？　それこそ精神が大怪我すんで？」

「け、結構です……！」

豪快なこの人のことだから、下手をすれば抱っこしてきそうで、新は二、三歩下がって首を振って拒否した。

「ガチで引くな。頼まれてもせえへんわ。ほな、破片が危ないし、スリッパと掃除機取ってくるわ。待っとれ。ガラス戸は段ボールか何かで塞いどくかー」

「あの、コンくんは……」

「コンは一回寝たら何があっても朝まで起きんし、ほっとけほっとけ。今んとこ、一晩に二回はないさかい。むしろ一回出たら安心して寝れるわ」

そう言って紅鷹は掃除用具を取りに行った。ガラス戸一枚すべてが割れているのを見て、新は肩を落とした。

紅鷹と二人で掃除をしてガラス戸を段ボールで塞ぐと、すでに深夜という時間になっていた。裏山の斜面に飛んで行った蛍光灯は明るくなってから回収することにした。

二人で居間に戻って座り、新は紅鷹に向き直る。

「あの……紅鷹さん。こういうこと、初めてじゃないんですか？　あ、もしかしてさっき言いかけてたことって……」

新の言葉に、紅鷹はぐったりと机に肘《ひじ》を突く。

「そうや、このことや。コンは寝ぼけて、狐火を出してしまうねん」

「あれはやっぱり、コンくんが……？」

妖狐《ようこ》が狐火を出すことぐらいは、新も知っていた。だがどこかで、原因がコンであることが信じられなかった。小さな子どもの姿でも、やはり彼は妖怪なのだと、今さら思い知った。恐れというより、今までの常識を破壊されたような衝撃があった。

「そや。俺も大概慣れたと思てたけど、今回はさすがにびびったわ。さびしかったり、興奮したりするとこうなるんや。たぶん、お前が一緒で興奮しとったんやろな」

確かに眠る前のコンはかなり興奮していた。絵本でも読んで落ち着かせた方がよかったかもしれない。

そしてそこでようやく、新は紅鷹がいつも眠たげだった理由がわかった。

「紅鷹さんが疲れてるのって、もしかして、今みたいな事態を警戒して、眠ってないからなんですか？」

もしもあの炎が家に燃え移ったら大火事になる。おちおち眠っていられないだろう。だが紅鷹は笑って手を振った。

「眠ってへんことはないで。昼間は珠紀がおるさかい、その間に寝ることもできるしな」

「でも、住職としての仕事だってあるじゃないですか。うちの法事だって、その一つだったんでしょう？　その間は眠れませんよね？」

「ここだけの話な、読経中、半分寝とる時ある」

軽い口調で躱《かわ》そうとする紅鷹を、新はじっと見つめる。

「紅鷹さん……」

無理をする彼を、咎《とが》められるものではない。だが、心配もある。どう言えばいいかわからず、ただ彼を睨《にら》むように見てしまった新から、紅鷹はさすがに視線を外した。

「そんな目ぇで見るなて。わかったわかった、白状するわ。俺も無理しとる自覚はある」

息を吐き、紅鷹は本堂の方を見つめた。

「せやけどそうでもせんと、この寺が存続できん。俺はここを維持せなあかんのや」

そういえば、ここへ来た日もそんなことを言っていた。保育所としてではなく、この寺を維持しなければいけない理由があるのだろうか。

「でもこのままじゃ、紅鷹さんが倒れてしまいますよ。僕も交代で――」

「それは絶対にあかん」

ぴしゃりと遮られ、彼の視線が突き刺さってきて、新は飛び上がりそうになった。

「お前は昼間、あいつらと遊ばなあかん。しっかり寝ろ。それが先生としての役目やろ。もしも何か他に提案があるなら聞いたるけど、それだけは却下や」

紅鷹の言葉とその真剣な表情に、新は黙るしかない。珠紀を頼っていないのも、彼女には保育に集中してほしいと思っているからだろう。

「……でも、何か、考えないと……」

これだけの無理を通している人が目の前にいるのに、自分は何もできない。何も浮かばない。それが悔しかった。

そんな新に、紅鷹は手を伸ばして肩を叩《たた》く。

「ま、とりあえず今夜はもう大丈夫やと思うし、俺もしっかり寝るわ。お前も心配せんと、ぼちぼち寝ろ。ええな？」

顔を上げ、新は今度こそ紅鷹を睨んだ。心配しているのに、逆にこっちが心配されているなんて。

「……紅鷹さんは、何か、ずるいですよね」

紅鷹は綺麗《きれい》な顔をわざと崩すように、ニヤッと笑う。

「アホ。そんなセリフ、言われ慣れとるわ」


翌朝、新は目覚ましよりも少しだけ早く起きた。コンの隣で眠ったが、紅鷹の言う通り、もう狐火は出なかった。安心しきったようなその寝顔に、新の方が安堵した。

今はほとんど使っていないという二階の自室で眠った紅鷹も、まだ起きていない。二人を起こさないよう、できるだけ静かに、新は昨夜投げ飛ばした蛍光灯を回収しに行った。

斜面に登ると、焼け焦げた上に衝撃で破片も飛び散った、無惨な姿の蛍光灯があった。できるだけ破片も拾い集めてから、自分の両手を見つめる。咄嗟《とっさ》のことで、新は未《いま》だに自分がどうやって蛍光灯を投げ飛ばしたのかよくわかっていないが。

(何が起こったかわからなかったけど、コンくんが無事でよかった……)

この力をコントロールできる日は来るのだろうか。途方もない思いが、胸をずんと重くして、立ち上がるのが億劫《おっくう》になる。

——お前が蛍光灯をぶっ飛ばしたおかげで、コンは無事やったんや。

昨夜の紅鷹の言葉がふと、脳裏を過《よ》ぎる。

重くなった胸の奥がふっと軽くなり、新は立ち上がった。


前日に珠紀が用意してくれた朝ご飯を食べる準備をしていると、二階から階段を下りてくる足音が聞こえて来た。伸びをしながら、紅鷹が居間に姿を現した。

「ぬあー……っ！　おー、新。おはようさん。ちゃんと寝たかぁ？」

「おはようございます。寝ましたよ、紅鷹さんに怒られそうですし。そういう紅鷹さんは、ちゃんと眠れたんですか？」

新が咎めるようにそう尋ねると、紅鷹は腕を組んで、神妙な顔で目を閉じた。

「めっ…………………………ちゃよう寝た。半分死んでたんちゃうかな」

「そ、それはよかった？　です」

真顔でそう言った紅鷹の表情は確かにすっきりしていて、昨日よりも顔色がいい。綺麗な顔が一層輝いているように見えた。後頭部の盛大な寝癖で台無しな気もするが。

そこで居間のガラス戸が開き、コンが姿を現した。

「コンくん、おはよう」

「……おはよぉ。……くれたかぁ」

いつもの元気がない。寝起きだから、という理由だけではなさそうだ。すでに声が震えている。うつむいていた顔を上げると、コンの目には涙が溜《た》まっていた。

「……コン、またやっちゃった……？」

夜に寝た時と違う場所で起きて、奥の座敷を見に行ったのだろう。

コンを見て、紅鷹は特に表情を変えずに、ただ手招きをした。

胡座《あぐら》をかいた紅鷹の膝《ひざ》にコンは飛びつき、彼の胸に顔を押しつけた。

「ごめんなしゃいぃぃぃ！」

「何遍も言うてるやろ、お前が悪いわけとちゃう。怪我がなかったらええ」

「ええくないぃぃぃ……っ！　がらすも、こわれちゃってたぁ！」

「うっ……！」

泣いているコンに心を痛めていた新に、コンの言葉がさらにぐさりと突き刺さる。

「いやそれはお前やないからマジで気にすんな」

「うそだぁぁぁ！」

「い、いや、本当なんだよコンくん。ガラスは――ぁ痛っ！」

新も側に座って、自分がやったのだと言おうとした時、紅鷹の中指が新の額を弾《はじ》いた。

デコピンの痛みで新を黙らせた紅鷹は、コンに向かってニカリと笑った。

「あれはでっかいカブトムシが飛んできて、激突して割れたんや。せやから誰も悪ない」

コンはぽかんと目と口を丸くして、紅鷹を見上げる。

「……かぶとむち、つよいねえ」

「そらカブトムシやからな。ほれ、泣くな泣くな。このライブTはもう再販してへんねん。鼻水垂らすなや」

「たらちてないもん！」

ハッとして、コンは慌てて俯《うつむ》き、涙を拭《ぬぐ》った。

「よっしゃ、ほな俺がぐちゃぐちゃの顔、思いっきり洗《あろ》たろ！」

「やー！　くれたか、ざつだもん！　コン、じぶんであらえるもん！」

コンは逃げるように紅鷹の膝から立ち上がり、洗面所に走って行った。その横顔には、笑顔が戻っていた。新もホッとしつつ、デコピンされた額を押さえて紅鷹に文句を言う。

「紅鷹さん、まだ痛いです……」

「お前が余計なこと言いかけるからや。またぐだぐだ言うたらもう一発食らわすぞ」

中指を弾く動作に力を込める紅鷹に、新は怯《おび》えて両手で額を隠した。

「わかりましたから、やめてください。……原因とかないんですかね、コンくんの狐火」

「原因っちゅう原因はなさそうやねん」

「もしかして、コンくんの具合が悪くて狐火が出てるとかは、ないでしょうか？」

「どう見ても元気やけど……お前が言うなら、百々に診てもらうか。今日は俺もおるし」

「今日も百々先生、来られますか？」

「なんやかんや、ほとんど毎日来よるし、連絡しといたら確実やろ」

そんなことを話していると、コンが顔を洗って居間に戻って来た。まだ少し目が赤いが、いつもの明るい笑顔を二人に向けて、元気な声を出した。

「おなかへったー！」


新と紅鷹は昨夜の出来事を珠紀にも相談し、午後に村の往診を終えてやってきた百々にコンを診てもらうよう頼んだ。

百々はうなずくと、境内で走り回っているコンに顔を向けて微笑んだ。

「相談は度々受けていたが、コンくんには何の問題もないよ。今日も元気いっぱいだ。強いて言うなら、コンくんは子どもの身体にしては、力が強いんだ。それは他の子ども達にも言えることだけどね」

「そうなんですか？」

「ここに来ている子は、みんな素質のある子たちだからね」

百々の言葉に、子ども達に変化《へんげ》の術を教えている珠紀もうなずいて、新に言った。

「人の姿をずっと維持していられるのは実はすごいことなのよ。姿を変える術って、かなり難しいからね」

珠紀は感心した顔で、遊んでいる子ども達を見つめている。

「コンくんの狐火は妖狐《ようこ》の性質上、持っていて当然のものだ。押さえ込むのは逆効果だろうね。それがストレスになって、酷《ひど》くなる可能性もある」

百々の言葉に、紅鷹が本堂に上がる階段に寝転んだまま、神妙な顔でうなずく。

「おねしょみたいなもんか」

紅鷹の言葉に、珠紀が何とも言えない苦笑を浮かべる。

「言い方は最悪だけどわかりやすいのよねえ、こいつの喩《たと》え」

「それ絶対コンくんに言っちゃだめですからね！」

新は窘《たしな》めたが紅鷹は適当な返事しかしない。不安に思っていると、百々が優しく笑った。

「むしろ彼は、妖狐としての能力が高いんだよ。才能がある。将来有望だよ」

「コンくんにとっていいことなら、伸ばしてあげる方向に持っていけないでしょうか」

「そういうのは親から教わるし、自然と治まると思うんだけどねー」

珠紀の言葉に百々も頷《うなず》く。妖怪の世界では、深刻になるようなことではないのだろうか。

「でも、コンくんは今つらそうですし、ご両親もお忙しいようですし……ここで教えられることがないかなと思いまして」

紅鷹は新と珠紀、百々を交互に見てから、まず珠紀と百々をジトリと見つめた。

「お前らは悠長なこと言うけどな、あれは幼児が扱うには危険すぎんねん。……せやからな、新。俺らが下手なことをするのもまずいかもしれんで」

今度は新に真剣な目を向ける。これまで紅鷹は、一番傍でコンを見てきた。心配しているからこそ、慎重にもなっているのだろう。

「……でも、コンくんがコントロールできなきゃ、これからも危険なんじゃないかって、思うんです。紅鷹さんだって、安眠できてないじゃないですか。それも僕は心配です」

昨夜は眠ったはずだが、今まさに欠伸《あくび》をしていた紅鷹が、バツが悪そうに視線を逸《そ》らす。

紅鷹が何か言いたげな顔をしたが、その前に、百々が穏やかに尋ねてきた。

「新くんには、何か考えがあるのかな？」

「起きてる間は、積極的に使っていくのはどうでしょうか」

「寝る前のトイレか？」

「「だから言い方ぁ！」」

やはりデリカシーに欠けている紅鷹の発言に、新と珠紀の叫び声が重なる。しかし、やっぱり間違っていないので困る。

「それもあるんですが、今朝のコンくんを見ると……自分の持ってるものが、悪いものだって、自分を責めてる気がして……。ただ怖いものだと思っているのは、余計にコントロールできなくなるんじゃないかと思うんです。何か成功体験をさせてあげて、自信に繋《つな》げてあげられたらいいなと思うんですけど――」

そこでふと、新は三人の視線が――百々は瞼《まぶた》を閉じているが――こちらに集中していることに気付いて戸惑う。そんな新を見て、紅鷹が眉を寄せて口を開いた。

「新ぁ、お前それ……」

「え？　あの、ダメ……ですか？　何かまずいでしょうか？」

「いや、そのコンに対する考えは、俺も全面同意するけども。……まあええわ、コンのことは、それでやってみよか。問題は、何を成功させたるかやな」

呆《あき》れたような半笑いで新を見る紅鷹の顔は気になるが、口にした言葉に嘘はないらしい。

紅鷹の反応が気になったが、尋ねる前に、コンと一颯《いぶき》がこちらへやってきた。

「ねー、あらた！　あらたも、コンと、くれたかと、おとまりしてんの？」

「お泊まりというか……僕はここに住むことになったんだよ」

「いいなー！　おれも、おとまりしたい！」

コンを羨《うらや》む一颯の声に、他の子ども達も集まってきた。凪沙《なぎさ》とリコも手を挙げる。

「ぼくもしたい。はなびもしたい」

「わたしも。おとまりも、はなびもしたい」

「お泊まり会とかしてもいいかもしれないね」

新がそう言うと子ども達は色めき立ったが、隣からテンションの低い声が聞こえてくる。

「ええー……」

「紅鷹さん！　そんな顔しないでくださいよ！」

紅鷹の顔にはでかでかと「めんどい」と書いてある。

そこでふと、一人だけ黙っている風香《ふうか》に気付く。照れているのかと、新は声をかけた。

「風香ちゃんは？」

呼びかけると風香は顔を上げ、一度だけ紅鷹を見て、背中を向けて走って行った。

「やだ！　あたしは、とまりたくないもんっ！」

「え、あっ、風香ちゃん!?」

急に機嫌を損ねてしまった風香を見て、慌てる新を見上げ、リコが首を振った。

「あらたは、わるくないの。……でも、おんなごころがわかってない」

そう言って風香を追って行くクールなリコの言葉が、ぐさりと音を立てて新の胸を貫いた。たしかに、女性と付き合った経験は少ないけれど。

「ぶっは！」

背後から紅鷹が噴き出す声が聞こえ、振り返ると、珠紀まで肩を震わせて笑いを堪《こら》えていた。二人の反応に、新の顔がカッと熱くなる。

「く、紅鷹さん！　珠紀さんまで！」

「女の子は精神の成長が早いからね。男の子は勝てないね」

百々は笑わなかったが、どうやら新は「男の子」カテゴリに入っているらしい。

笑いを収め、紅鷹は一度咳払《せきばら》いをしてから新に言った。

「まあでも、花火はええんちゃうか、新。こないだ押し入れにあったの見つけたし。夜はこいつら家帰りよるし、ふっ、明るいけど、ふはっ、今日の帰る間際に、くくっ、やろか」

「そうですね。──紅鷹さん、笑い堪えられないならもう好きなだけ笑っていいですよ！」

「だっはっはっはっはっはっはっはっ！」

「笑いすぎですっ！」

途端に腹を抱えて大声で笑い出す紅鷹に、笑っていいとは言ったものの、そんなに大声で笑われるとやっぱり恥ずかしい。

「あらた、くれたかにいじめられてんの？」

「そう！　だから僕は紅鷹さんなんかほっといてみんなと遊びます！」

嬉《うれ》しそうに声を上げて子ども達が境内に走って行くのを、新も赤い顔で追いかける。背後では、紅鷹がまだ笑っていた。


紅鷹は子ども達が新に飛びつく様子を眺めつつ、笑いで溢《あふ》れた涙を拭《ぬぐ》う。

「あー、わろたわろた。リコの発言と新の言動がおもろすぎる」

「それだけで笑ったんじゃないでしょ、あんた」

「まあな。あいつの発言がなぁ……」

紅鷹はまた肩を震わせて笑う。それを見て、珠紀が呆れた顔をした。

「言ってあげないの？　あげないか」

「俺もそない親切やないわ。あいつは大人や。こんなん他人から指摘されたら恥ずかしいやろ、間抜けすぎて」

「コンくんが成功例になれば、彼も自信をつけられるだろうしね」

「言い訳ができきんとも言うな」

ニヤッと笑った紅鷹を、珠紀も百々も咎《とが》めることはせず、子ども達に振り回されている新を見て微笑んだ。

「あ、そや。今度、新を連れて行きたいとこがあんねん。そん時は、あいつら頼むわ」

紅鷹の言葉に珠紀は首を傾げ、百々は何かを察したように微笑んだ。


まだまだ辺りは明るいが、夕方の夏虫が鳴き始めた頃。紅鷹が花火を持って子ども達の前にやってきた。

「ほれ、花火持ってきたで。やりたいやつは一列に並べ～」

紅鷹から一本ずつ手持ち花火を受け取ると、一颯が首を傾げ、新を見上げた。

「あらたぁ、これ、おっきくて、ドーンってなるやつ？　こわくない？」

物怖《ものお》じしない一颯が怖くないか聞くのは意外だった。その顔も恐れている様子はない。

「ドーンってなるのは、打ち上げ花火。あれは職人さんが作って打ち上げる花火だから、僕達はできないんだ。でも、こっちの小さい花火は手で持てるから、楽しいよ」

「だって！　ふうか、なぎさ！」

「こ、こわくないのね？」

「……あつく、ない？」

風香と凪沙が少し不安げに聞いてきて、一颯は自分のためではなく、この二人のために聞いたのだと気付く。この三姉弟《きょうだい》はみんな姉弟思いだ。

「他の子に向けたり、火の近くを持ったりしなければ怖くないし、熱くないよ。これは約束。みんな、守れる？」

新がそう言うと、五人は顔を見合わせ、パッと手を挙げた。

「まもれるー！」

「よし。じゃあ、コンくん」

突然呼ばれて、コンはきょとんと見上げてくる。コンの前にしゃがみこんで、新は不安を感じさせないよう微笑む。そして紅鷹達と相談して決めたことをコンに頼んだ。

「コンくんには、花火につける火を出してほしいんだ」

「えっ……」

大きな目をさらにまん丸にして、コンは小さな戸惑いの声を上げた。花火の持ち手をいじいじと触っている。

「でもぉ……コンの、あぶないよ……」

顔はしょんぼりとうつむき、いつもは元気よくピンと立っている耳としっぽまでもが、ぺたんと垂れ下がっていた。昨晩、狐火で蛍光灯を燃やしたばかりで、余計に不安になっているのかもしれない。

「コンくんは、自分の狐火が怖い？」

新の言葉に、コンは目をパチパチと瞬《まばた》かせ、少し考えてから、小さな声で答えた。

「……ちょっと、こわい」

無意識に出してしまう、コントロールできない狐火が怖いのだろう。

「じゃあ、赤ちゃんみたいな、ち――――っちゃいのにしよっか」

「ち――――っちゃいの？」

「そう、可愛いの。それなら出せるかな？」

「だせる、けどぉ……」

花火をじーっと見つめながら、コンは真剣な顔で迷っていた。

「あらたぁ……」

コンは花火を握ったまま、新に両手を伸ばしてきた。

「コンのこと……こわいかもしんないけど……だっこちててくれる？」

新は一度、正面からコンを抱き締めた。小さな腕が抱き締め返してきたので、顔を見る。

不安そうな顔が和らいでいた。

「コンくんのことは、ぜーんぜん怖くないから、大丈夫だよ。抱っこもしてる」

新がそう言うと、コンはこくりとうなずき、黙っていた四人の子ども達に向き合う。その背中を、新は優しく抱き込んだ。

コンは手の平を出して、それをじっと見つめる。その横顔は、幼くとも真剣で、新も息を呑《の》んで見守った。

小さな手の平の上に蜃気楼《しんきろう》のような揺らめきが見えた直後、ポッと、親指ほどの小さな青い炎が灯《とも》り、その場が少しだけ青白く染まる。

「ぴゃっ！」

甲高い声を上げて、風香が紅鷹の足にしがみつく。彼は黙って風香の頭に手を置き、撫《な》でて落ち着かせた。びっくりしたのは風香だけで、一颯と凪沙、リコは目を輝かせている。

「コン、すっげー！」

「これ、コンがだしてるの？　わたし、はじめてみたー！」

子ども達の反応に、新はコンに尋ねる。

「みんな、初めて見るの？」

「うん。コンのきつねび、あぶないからね、みんながいるとこでは、ださないの」

コン自身、危険だとわかっているからこそ、眠っている間に出してしまうことが余計に怖いのだろう。

「コン、あつくないの？」

凪沙の疑問に、コンは少し考えてから、ゆっくり答える。

「んっとねえ……コンは、あつくないけど、みんながさわったら、あついかも」

その説明に、子ども達も納得したようにうなずいた。

後ろからコンの頭を撫でて、新は笑った。

「コンくん、赤ちゃんみたいな火、出せたね！　これなら怖くないんじゃない？」

「……うんっ」

「じゃあ、次はその火を、みんなの花火につけられる？」

「できるっ！」

先ほどより幾分か自信をつけて、コンはうなずいた。

「おれ！　おれのつけて！」

物怖じしない一颯が、コンの前にやってくる。コンは新を確認するように見上げてくる。

新は大丈夫だとうなずいてから、火花が出てくる方向を考えて、コンと一颯を並ばせる。

「一颯くんは、花火を持ってじっとしててね。火がついても、振り回さないでね。コンくんはヒラヒラした紙のところに火をつけてみて」

新が言った通りに、コンは手元の火を花火に翳《かざ》す。コンは火花が出るボッという音にびっくりはしたが、その後に流れ出した緑の火花に目を輝かせた。

「「おおおおおおっ！」」

コンと一颯が同じテンションで叫ぶ。その笑顔と声に、新まで嬉しくなってしまう。リコと凪沙も、コンに火をつけてとやってきて、三人の花火がついた。

コンは満面の笑みで新を振り返ってきた。

「できたぁ！　あらた！　コン、はなびできた！」

「できたね！　みんなのもつけてみよっか。今日のコンくんは花火屋さんだね」

「はなびやしゃんー!?」

目と口をまん丸にしてから飛び上がり、コンは着地した時には笑っていた。その顔に、さっきのような不安はもうない。

「コンくんは、やっぱり自分の狐火が怖い？」

新がそう尋ねると、やはり笑みが消え、コンは素直にこくんとうなずいた。

「……うん。やっぱり、ちょっと、こわい」

「でも、今はみんなの役に立ってるよ。みんな、コンくんのおかげで楽しそうだよ」

コンは花火に照らされたリコ、一颯、凪沙の顔を見つめた。風香はまだ少し怖いのか、紅鷹にひっついている。それでも、その目は花火に釘《くぎ》付けになっていた。

じっと見つめているコンの口元が微笑む。その笑みを見て、新はコンの頭を撫でた。

「ゆっくりゆっくり、慣れていけばいいんだよ。この狐火は、コンくんのすごいところなんだから」

「コンの、しゅごいところ……」

新の言葉をなぞるように呟《つぶや》いて、コンはぎゅっと自分の胸元を握った。

「コン、がんばる！　コン、りっぱなしんしになるんだもん！」

拳を握り、その手を空へ向けて、コンは新にそう言った。

「うん、コンくんならきっとなれるよ！」

新は本心からそう思えた。コンは人を思いやれる子だ。この狐火も受け入れて、コントロールできれば、きっとそれを他人《ひと》のために使えるようになるだろう。

コンの顔に、少し自信のついた笑みが浮かんだ。

「ほれ風香、お前もつけてこい。怖ないし、おもろそうやぞ」

紅鷹にしがみついていた風香は、彼を見上げてハッとし、真っ赤になってから離れた。

「く、くれたかにいわれなくたって、あたしはこわくないんだからっ！」

「へいへい」

風香の反応を見て、新は彼女の心に気付いた。

（ああ、そういうことか。……確かに僕は女心がわかってないな）

先ほどの自分の失言にようやく気付き、新が自分に対してがくりと肩を落としていると、風香がコンに近づいて来た。その顔はまだ少し強張《こわば》っている。

「あらたはニンゲンだから、こわいでしょ？　だからあたしが、おててつないであげる！」

風香が手を差し出すと、一颯がすぐに駆け寄ってきて、そっと新に耳打ちしてきた。

「あらた、あらた。ふうかと、おててつないであげて。きっとまだこわいとおもうから」

一颯の後ろでは、凪沙もこくこくとうなずいている。お姉ちゃん思いな弟達だ。一颯と凪沙にうなずいて、新は風香の手を握る。

「ありがとう、風香ちゃん。優しいね」

新の言葉に、風香は得意げに笑った。

「いいの！　ニンゲンにやさしくするのは、とうぜんなんだからっ！」

そんな風香を見て、リコが口元を押さえて笑う。

「んふふ。ふうかは、ほんとうは、くれたかとてをつなぎたいのよ」

「ち、ちちっ、ちがうもんちがうもん！　リコのばかー！」

「コ、コンくん！　風香ちゃんの花火にも、火つけてあげて」

「あい！」

からからリコと喧嘩《けんか》になりそうなので、新は強引にコンを呼んで、風香の花火に火をつけさせた。しゅわっと音がして、風香の持つ花火が辺りを照らす。

「きれい……。くれたか、みて！　きれい！」

「ほんまや、綺麗《きれい》やな。おもろいか、風香？」

「うん！　きれいだし、たのしい！」

さっきは憎まれ口を叩《たた》いていたのに、すぐに笑顔で紅鷹に報告するところが可愛い。新が可愛さに笑ってしまうのを堪《こら》えていると、コンが新に抱きついてきた。

「あらた！　はなび、きれえだねえ！　コン、またはなびやさん、しゅる！」

「あ、そうや。コン、お前、今日から風呂焚《た》き係せえ」

「風呂焚き？」

新の記憶では、確か給湯器でお湯が出るようになっているはずだった。

「ここの風呂、まだ薪《まき》でも焚けるんや。面倒やさかいやってへんかったけど」

「コンくん、やってみる？」

コンは目をまん丸に見開き、その瞳《ひとみ》を輝かせて両手を上げた。

「やーるー！」

ピョンピョン飛び跳ねてやる気を出したコンを見て、新は紅鷹と顔を見合わせ、声に出さずに二人で笑った。

その夜もコンと一緒にお風呂に入った新だったが、コンは先に脱衣所を出た。そして新が居間に戻ると、やはりいるのは紅鷹だけで、その姿がなかった。

「コンくんは、また書院の鏡の前でしょうか」

「あいつが静かにしとったら、だいたいそうやな。……あ、ちょうどええわ。新、ちょっと話があるからこっち座れ」

改まった様子に、紅鷹の前で正座し、背筋を伸ばす。

「お前のお母さんの実家の近くにな、伊福来《いぶき》神社ってとこがあるんや。ヤマタノオロチ……かもしれん神を祀《まつ》ってる神社らしい。今度、いっぺん行ってみるか？」

「……へ？　神社……？」

「ダメ元やけど、もしかしたらその怪力のことが何かわかるかもしれんやろ？」

予想外だった言葉に、新はぽかんと口を開けていたが、ふいにこの間、紅鷹がノートパソコンでヤマタノオロチのことを調べていたことを思い出す。

「もしかして……この間は、それを調べてくださってたんですか」

「チッ、やっぱり調べてたの見えとったか」

悔しげに舌打ちして、紅鷹は視線を逸《そ》らした。

「あの……危険だと思って、調べたんじゃないんですか？」

「危険て、何が？」

「その……僕がヤマタノオロチの血を引いてるから、危険な存在だと思ったんじゃないんですか？　僕のことを警戒してたから、僕に隠れて調べてたんじゃ……」

今度は紅鷹がぽかんとしてから、少々苛立《いらだ》ったようなため息を吐いた。

「まーだそんなこと言うてんのか、お前は！　お前はどこにでもおる普通の人間や！」

「そう思うには、この怪力は桁《けた》外れすぎます！　子ども達に危険が及ぶから、紅鷹さんは僕に隠れてこっそり調べたんでしょう!?」

「っだー、もう、ちゃう言うとるやろ！　お前なんぞより子どもらの方がよっぽど力も強いし、善悪がまだようわかってへんからタチも悪いわ！　そんなん相手にしてきた俺が今さら言葉も人間の常識も脅しも通じるお前を怖がるかアホ！」

「ならどうしてコソコソ調べてたんですか！　言ってくれたらよかったじゃないですか！」

「ぐっ……！」

紅鷹は一度視線を外し、気まずげに顔を歪《ゆが》ませ、言葉を詰まらせた。が、すぐに開き直って、大声で言った。

「何やようわからんが、気恥ずかしかったんや！　俺がお前を心配して悪いか！」

意外な言葉に、新はぽかんと口を開け、思わず何も考えずに声を発していた。

「……紅鷹さんにも、気恥ずかしいって気持ち、あるんですね……」

視線を逸らしていた紅鷹が、綺麗な顔で綺麗な笑みを形づくった。

「おう、表出ろや。俺は生まれてこの方、この顔のせいで何遍もケンカ売られてきとんねん。ぜーんぶ買うてきたさかいなぁ？　腕には多少自信があるんやで？」

「ご、ごめんなさい！　つい……！」

「本音かゴルァ！　まあええ、心の広い俺は弱い者いじめはせえへんからな」

弱い者、と強調して新に言って、紅鷹は話を戻した。

「行ってどうにかなるかはわからんが、引っ越しのついで程度に思とけ。お前のその怪力の理由は、たぶんやけど、俺にも何となくわかったしな」

「本当ですか!?　何なんですか!?」

一筋の光、とまでは言い過ぎかもしれないが、解決の糸口が見えたのかもしれない。縋《すが》り付くように紅鷹に尋ねた新だったが、彼はふいと顔を逸らす。

「さっきの発言がムカついたさかい教えたらん」

「心の広い紅鷹さんはどこ行ったんですか！」

子どものような拗《す》ね方の紅鷹に詰め寄ろうとすると、彼のスマホから通知音がした。

「お、新。コン呼んできてくれ」

彼はすっかりスマホへ意識を移してしまった。こうなるともう聞いてくれる気がないことが、顔でわかった。

「ああ、その前に、お前に紹介するわ」

「え？　誰をですか？」

紅鷹はノートパソコンでアプリを開くと、その画面を新に向けた。その画面では、見覚えのある女性が手を振っていた。

新はコンを捜すふりをして書院に向かって呼びかける。するとコンはすぐに新の元に駆け寄ってきた。二人で居間に戻ると、紅鷹がコンを手招いた。

「コン、ええもん見せたるわ」

トテトテとやってきたコンを抱き上げ、紅鷹は自分の膝《ひざ》の上に座らせた。

『湖春《こはる》』

パソコンから、透き通るような声がした。一瞬誰を呼んだのかと思ったが。

（そうだ。コンくんの本名って……）

「おかあしゃん！」

コンは飛び跳ねて驚き、勢い余ってごつんと画面に額が当たった。コンは嬉《うれ》しさで落ち着かず、紅鷹が膝に座らせ直し、抱き締めて固定した。

「おかあしゃんだぁ！」

『そうよー。お母さんよー。いい子にしてる？』

「んとねえ……わかんない！」

「正直か。まあ、元気にはしとるで」

『ごめんね、さみしい思いさせて』

「うん！」

『うっ……！　本当にごめんね！』

コンが素直にうなずいたのを聞いて、コンの母親は申し訳なさそうに顔を歪めて胸を押さえる。しかしコンは笑って続けた。

「いいのー！　おかあしゃんとおとうしゃんいないの、さみちいけどねえ、くれたかと、あらたもいるよ！　みんなとあそぶの、たのちいよー！」

コンはその楽しさを伝えるように、両手を広げる。

「コンくん、今日、何したかお母さんに教えてあげたら？」

新がそう言うと、コンは勢い込んで声を上げる。

「きつねびで、はなびちた！　コン、はなびやさんしたの！」

『花火屋さん？』

「みんなで花火をしたんです。それで、コンくんには火をつけてもらいました」

新の補足説明に、コンの母親がうなずいて、優しく笑った。

「あとねえ、コン、きょうから、おふろがかり！」

「アホかお前は風呂係クビや！　あんなあっつい風呂入れるかい！」

「あちたは、できる！　がんばるもん！」

コンは拳《こぶし》を握って気合いの入った顔で紅鷹を見上げている。そんなコンを見て、画面の向こうからくすりと笑い声がした。

『ちょっとずつだけど、人の役に立ってるのね。えらいわ、湖春』

「……えへへぇ」

コンはよく笑うが、今まで新が見た中で、一番嬉しそうな笑顔だった。

その後もコンと母親は色んな話を続けていたが、徐々にコンの瞼《まぶた》が重くなってきた。

「そろそろおやすみしよっか、コンくん」

新の言葉に、コンは目を擦《こす》りながら首を振る。

『今日はここまでにして、またお話ししましょう。おやすみ、湖春』

コンは名残惜しそうに耳をぺたんと倒したが、眠気には勝てなかったようだ。

「おやしゅみ、おかあしゃん……」

そう言った時には、瞼は閉じて、紅鷹の腕に寄りかかって寝息を立てていた。突然の寝落ちに、大人達は誰からともなく笑い声を立てた。

『もう、湖春ったら』

「今日はコンくん、がんばりましたからね」

「疲れたんやろな。今夜は狐火も出えへん気ぃするわ」

紅鷹の言った通り、その日の夜は穏やかに明日《あした》を迎えることになった。

第三章　何度失敗しても

新《あらた》が住み込みの保育士として彩柏寺《さいはくじ》で過ごし、一週間が経っていた。保育士としてのちょっと変わった業務に追われ、まだ必要最低限のものだけを関東の家から送ってもらっただけで、ちゃんとした引っ越しも済んでいない。しかし新としては充実した日々を過ごしていた。引っ越しは休みの日に計画を立てて、徐々にやっていくしかなさそうだ。

「リコちゃーん、もう降参！　お昼だから帰るよー？」

今日は新と珠紀《たまき》、そして子ども達は、彩柏寺からほんの五分ほどの場所にある小さな神社に散歩に来ていた。紅鷹《くれたか》は午前中、住職としての仕事で外に出ている。

この神社はもう神主や管理人は住んでいないが、村の人々が交代で管理しているらしい。寂れてはいるが、決して放置されているわけではないとわかった。

木陰が多く、涼しい境内で、子ども達は文字通り縦横無尽に走り回った後、かくれんぼをすることになった。が、帰る時間になってもリコが出てこない。

リコ以外の子ども達はお腹が減ったと騒ぎ、珠紀と共に先に彩柏寺に帰った。今日のお昼ご飯はみんなが大好きなカレーなのだが、リコはかくれんぼで隠れたまま出てこない。隠れていそうなところを新が捜していると、視界の端をゆらりと何かが横切った。

（？　何だろ？）

不意に背後に気配を感じて振り返ると、大きな黒い影が新を覆っていた。目の前にあるのは長く黒い、あまり綺麗《きれい》とは言えない髪。顔を上げると、新の頭の上辺りから顔のような部分が屈《かが》み、真っ赤に血走った目で、新を覗《のぞ》き込んできた。

一瞬、息が止まる。そして次の瞬間、新は肺の中の空気をすべて叫び声にしていた。

「わぎゃあああああああ――げほっ、ごほっ！」

息を吸うことも忘れて叫んだため、思い切り咳《せ》き込んでしまった。

そんな新を真っ赤な目で見て、妙に長い両手で、そいつは口元を隠した。そして――

「んふふふっ！」

鈴の音のような可愛い笑い声を立てた。

新が喉を押さえながらさすると、ポンッと音を立てて、大きな姿は消えた。今まで顔のあった位置から、リコが落ちてくる。新は慌てて落ちてきたリコの体を受け止めた。

「あらた、びっくりした？　びっくりしたっ？」

リコは新に抱き留められながら、とけるような笑顔を浮かべて期待の目を向けてくる。

普段はクールで物静かなリコだが、風香《ふうか》が言っていた通り、実は一番のいたずらっ子だった。そして何より、変化《へんげ》が一番上手で、よくこうして新は驚かされている。とはいえ、仕草や声はそのままなので、声を聴けばすぐにリコだとわかるのだが。

毎回驚かされて、少し悔しいような気持ちもある。しかしこうしていたずらが成功して新をびっくりさせると、リコはクールな顔が一変、子どもらしい嬉しそうな笑みを浮かべるので、叱る勢いが完全に削《そ》がれてしまう。

「もう、リコちゃん……びっくりしたでしょ」

「だって、びっくりさせたかったんだもん！　ごめんね？」

一応謝るのだが、反省した様子はない。変化の訓練にもなっているので、強くも言えない。……とはいえ、驚かせるのはやっぱりやめてほしいのだが。

上機嫌なリコが新の背後を見つめた。新が振り返ると、階段を上ってくる百々《どど》の姿が見えた。やはりその目は閉じているが、しっかり顔を向けてくる。

「どうしたんですか、先生。こんなところで」

「いや、通りかかったら君の叫び声が聞こえたものだから。大丈夫だろうとは思ったが、一応気になってね」

百々の言葉に、新は赤くなり、リコが鈴の音のような可愛い声で、嬉しそうに笑った。

「んふふ、わたし、あらたをびっくりさせちゃった」

「……すみません、何でもないんです」

リコと新の様子に、百々も小さく笑った。その時、階段の下から紅鷹のよく響く声が聞こえ、姿が見えた。もう仕事は終わったのか、派手なTシャツ姿だ。

「リコ！　お前、まーたやったな！　新の悲鳴、階段の下まで聞こえとったぞ！」

紅鷹はこちらへやってきてニヤッと笑うと、リコに手の平を向けた。

「やるやんけ。こういうのはとことんやらんとな」

「んふふっ！　あらた、びっくりしてた」

紅鷹とリコはパチンと手を叩《たた》き合う。二人とも黙っていれば綺麗で大人しそうな顔なのに、中身はいたずらっ子そのものだ。新はそんな紅鷹を苦笑しながら見つめていた。

（この人も絶対小さい頃、いたずらっ子だったんだろうな……）

そして新はいたずらを仕掛けられる方だった。大人になっても役回りが変わらない。

不意に百々が、紅鷹と笑い合うリコに尋ねる。

「リコちゃん。さっき、大きな妖怪《ようかい》に変化していたかい？」

「うん！　あらた、びっくりさせた！」

嬉しそうに答えるリコに、百々は穏やかな顔はそのままに、笑みを消していた。

「その妖怪、どこで見たのかな？」

「けさ、おてらにくるとき。おやま、あるいてたの」

「何や？　やばい奴でもおるんか？」

紅鷹の言葉に、百々は言葉を選んで答える。

「その妖怪は、あまり良《い》い妖怪ではない。いや……妖怪というより、怨念《おんねん》が集まってできたモノ……と言えばいいかな。彷徨《さまよ》っているだけだろうから、こういった神社や彩柏寺には入れないとは思うが……気を付けなさい」

確かに今までリコが化けてきた中でも、一番恐ろしい姿をしていた。リコも新の腕にぎゅっとしがみついてきた。百々は微笑んで、リコの頭を撫《な》でる。

「ああ、脅かすつもりではなかったんだよ。大丈夫。何せ彩柏寺には、君達のご両親が作った強固な結界がある。招かれたものしか入れないからね」

「え、そうなんですか？」

「あれ？　俺言うてへんかったか？」

新にとっては初耳だった。紅鷹は言った気になっていたらしい。

「普通の人間とかならともかく、少しでも妖力《ようりょく》のあるもんは招かれんと入れんのや」

「そう、なんですか。……僕は大丈夫だったんですか？」

新は自分では知らず知らず、妖怪——ヤマタノオロチの血を引いていたことが判明した。

とはいえかなりその血は薄くなっているようだが。

「確かに新くんはほんのわずかに妖力があるが、君は紅鷹に招かれたからね。問題無いよ」

「俺が入れ言うたしな」

「あ、結構……軽い感じなんですね」

てっきりもっと難しいものかと思っていた。

「一々契約書なんか作ってられへんやろ。俺がめんどい。それよか飯にするで。おいリコ。はよ行かんとお前の分、取られるで」

「ダメー！　あらた！　はやくかえろ！」

リコは慌てて新の腕から降りて、先に階段を下り始めた。

リコを追いかけて新も神社の階段を下りていると、紅鷹と百々もあとからのんびりとついくる。

リコに追いついたところで、不意に紅鷹が新に声をかけてきた。

「そや、新。俺明日、葬式できたさかい、昼間おらんけど大丈夫か？」

「え!?　あ、はい。それは大丈夫ですけど、でも、お葬式って……」

誰か知り合いが亡くなったのかと思ったが、振り返った新の深刻そうな表情を見た紅鷹は、小さく笑った。

「お前、俺の本業忘れとるやろ？　こんな顔でも住職やぞ。葬式なんて珍しいもんとちゃうで？」

住み込みになって、Tシャツ姿の彼ばかりを見ていたから忘れていた。

「あ、そうか……でも、お葬式ってつらくないですか？」

いくら仕事といえど、人の葬儀に立ち会うことに、紅鷹は抵抗はないのだろうか。

「そらぁまあ、参列者はほとんど泣いとるし、別れっちゅーのはつらいもんやけどな」

階段を下りて彩柏寺までの道を歩く。紅鷹は新の隣に並び、空を仰いで目を細めている。表情は穏やかに微笑んでいるが、その瞳《ひとみ》は真っ直ぐ、そして真剣ささえたたえて、青い空を見つめていた。

「けど俺は、あれは生きとるもんの区切りやと思とるからな。俺にとっては、こう言うたらあれやけど、やり甲斐《がい》はある。……ああでも、つらいとはまたちゃうけど……」

笑みを消し、真に迫った顔で新を見つめてきた。キラリとその目が光る。

「昼ドラみたいな遺産やら借金やらの相続で、親戚《しんせき》同士の醜い争いが見れる。あれはやばいで、聞きかじっただけでめっちゃドキドキするわ」

「そんなこと面白そうに話すのやめてください！」

恐怖と興味深さと面白さの混じった紅鷹の言葉に、新は聞いただけで顔を蒼《あお》くする。

「ま、言うても今回の葬式は、百歳超えのじいさんの大往生やさかいな、親族もようがんばったって笑とるわ。気合い入れて送ったらんと。百年もこの世におったらなかなか向こう行かれへんかもしれんしな！」

明るく笑う紅鷹の表情には、彼の言った通り、やり甲斐と優しさがあった。彼の仕事、そして彼の人柄は、きっと旅立つ人のためにも、生きている人を前に進ませるのだろう。

そんな紅鷹が、その時だけは保育所のことを気にしなくてもすむようにするのが、新の仕事だ。

「コンくんの狐火も、最近は大丈夫そうですし、今夜は心配しないで寝てください」

「おう、そうさせてもらうわ」

新にニッと笑いかけて答える紅鷹を見て、百々も微笑む。そんな三人を、前を走っているリコがくるりと振り返った。

「もー！　みんなはやくー！」

新が駆け寄ると、リコは嬉《うれ》しそうに笑って、手を握ってきた。

新の背中を見つめてから、百々が紅鷹の方を向いた。

「最近はよく眠れているようだ。新くんのおかげだね。君のお気に入りになって何よりだよ」

「何やその言い方。俺が人間不信みたいやないか」

「そういうわけではないよ。あんなことがあった後だから、私も君を心配しているだけだ」

どこか困ったように微笑む百々に、紅鷹は瞼《まぶた》を伏せてため息を吐いた。

「アホか。もうあれから一年やぞ。確かに諦められへんとこもあるけどな、それはそれや。俺は新しい関係にまで、昔のことを持ち込む気はない。それは新に失礼やろ」

きっぱりと言い切る紅鷹に、百々が口元を軽く拳《こぶし》で隠して、くすくすと笑った。

「そういうところが、珠紀さんのいう《可愛くない》ところなんだろうね」

「ハッ、お前らに《可愛ない》言われたところで、痛くも痒《かゆ》くもないわ。ほれ、あいつらに食い尽くされる前に、俺らも行くで。お前も食ってくやろ？」

百々の背中を叩き、紅鷹も子ども達の声が響く彩柏寺へと足を向けた。


翌日、一人だけ早くお昼寝から起きだし、外へ行きたいというリコと共に、新は外へ出た。まだ日は照っていて暑いが、打ち水をしておけば、夕方にはかなり涼しくなるだろう。

新が水を撒《ま》いていると、しばらく水ではしゃいでいたリコの姿がない。

「リコちゃーん？」

水を止めて呼びかけるが、返事がない。

（また隠れて、僕をびっくりさせる気かな）

子どもながら、リコが新を驚かせるタイミングは突然で予想できない。

辺りを見回していると、蔵の影が、一部分だけぬっと伸びる。蔵の向こうから、長く黒い髪がさらさらと風に揺れていた。そしてゆっくりと、異様に縦に長い身体が現れた。

「ヒッ……！」

悲鳴をそこで呑《の》み込んだのは、昨日同じ姿のリコに驚かされているからだろう。そうでなければきっとまた大声を上げて、下手をすれば子ども達を起こしているところだった。

それでもそのおどろおどろしい姿には心臓がドキドキしている。

「もう……リコちゃん、その姿に化けるのはやめてよ。僕の心臓が持たないよ」

新の声に反応してか、大きな身体をゆらりと揺らし、血走った目がこちらに向けられる。

その瞬間、新の身体が総毛立った。

「リコ、ちゃん……？」

「あらた。おはな、つんできたの。かざってー」

鈴の音のような可愛らしい声が新を呼ぶ。それは新の前方ではなく、背後から聞こえた。振り返ると、今摘んだらしい花を持って、リコが新を見上げている。

もう一度前方に視線を向ける。

黒い髪の隙間から、血走った目が新を見ている。

——リコではない。

別の妖怪だと理解した瞬間、一気に汗が噴き出し、新は考える間もなくリコを抱き締めて逃げ出した。

（紅鷹さんは、妖怪は招かれないとここには入れないって言ってたのに……！）

まさかあの妖怪を紅鷹が招いたのか。一瞬そう思ったが、バシンと何かで叩かれたような痛みが背中に走る。

「あらた⁉」

顔を歪《ゆが》めた瞬間、リコの叫び声が聞こえた。

逃げながら振り返ると、黒い髪が束になってそれが新の背中を叩いたようだ。遮るもののなくなった血走った目が、新達を見ていた。——あんな妖怪を、紅鷹が招くはずがない。

咄嗟《とっさ》に玄関とは別の方向へ走る。薬医門の脇の、閉まっていた木戸を開け、寺を出る形になってしまった。妖怪の移動速度はそう速くはない。新が全力で走れば引き離せそうだ。

（でも、逃げるっていったって、どうしたら……！）

そこで百々の言っていたことを思い出す。確か、妖怪《ようかい》は彩柏寺や神社には入って来られないと言っていた。ちょうどこのまま走れば、神社に辿《たど》り着く。

「あらた、うしろ！」

リコが叫び、後ろを振り向くと、またあの髪の束が新に向かって伸びて来ていた。

「この……！　来るな！」

うねりながら新の方へ伸びてくるそれを、咄嗟に思い切り叩《たた》く。叩いたはずなのに、絡みつくような感触がして、ゾッとする。

予想以上の力が出てしまったのか、髪を弾《はじ》かれた妖怪は体までよろけさせた。そしてゆっくりこちらを向くと、速度を上げてこちらに迫ってきた。

（しまった、怒らせた……!?　どうしよう、珠紀さんを呼ぶにも、中にいる子達が……！）

新がリコを抱えて走っていると、車のエンジン音が聞こえた。こちらに近づいて来る。橋を渡ろうとした車は、葬式から帰ってきた紅鷹のものだった。どうすれば最善なのかはわからなかったが、新は彼の車目がけて走った。

「紅鷹さんっ！」

リコを抱えた新の必死の形相を見て、一度紅鷹は運転席で眉を寄せたが、すぐに背後に気付いたのだろう。車を停《と》め、すぐさま外へ出てきて、ドアを開けたまま叫んだ。

「車ん中入れ！」

言われるまま、新がリコを抱えて乗り込むと、紅鷹は外からドアを閉め、キーでロックをかけた。

「紅鷹さんは⁉」

「心配せんでも俺はこういうのに慣れとる！　すぐ戻ってくるさかい、じっとしとけよ！」

そう言って紅鷹は、妖怪の進路を迂回《うかい》して、寺の方へ走って行った。

妖怪は紅鷹にも視線を向けたが、新に怒っているのか、車の窓に張り付いてガタガタと揺らしてくる。

「あらた……っ」

小さな声で新を呼び、リコは抱きつく手に力を込めてきた。その姿が見えないよう、新はリコの頭を胸に押しつけていたが、車の揺れは感じているだろう。その手は震えていた。

「大丈夫。大丈夫だよ」

リコを抱き締めて、何分経ったか。恐らく二、三分しか経っていなかったが、恐怖と不安でずいぶんと長い時間に感じた。

「うちのもんに何してくれとるんじゃボケコラァ！」

怒りでさらに荒くなった紅鷹の大声と共に、新は目を開けて顔を上げる。紅鷹が何かを振りかぶり、こちらに投げてきた。それは小さな壺《つぼ》のようなもので、妖怪に当たると、割れて中に入っていた水が弾《はじ》けた。その直後、暴風のようなゴオッという音が聞こえた。それがその妖怪の叫び声だと気付いたのは、紅鷹に妖怪が向かっていってからだった。

「紅鷹さん！」

フロントガラスから紅鷹を見ると、彼は何かを構えていた。黒い銃だ。驚く新の視線の先で、紅鷹は引き金を引く。

バシャ！

銃口からは弾丸ではなく、水が噴き出ていた。

（水、鉄砲……？）

新は拍子抜けしたが、それを受けた妖怪は大きく仰《の》け反《ぞ》り、まるでそこが焼け焦げたかのように黒い煙を噴き出した。同時に金属を引《ひ》っ掻《か》くような不快な音が辺りに響き渡り、新もリコも思わず耳を塞《ふさ》ぐ。しかしそれ以上に大きな紅鷹の声で、その音はかき消された。

「やかましいっ！　今すぐ消えんと、次はこっちを全部お見舞いすんぞゴルァ！」

紅鷹が足元に置いたのは、大きな水のタンクが付いたマシンガンタイプの水鉄砲だった。

紅鷹はふざけて怒ったり、子ども達を叱ったりはする。だが、怒りをそのまま表に出すことは今までなかった。

しかし今の紅鷹は、大きく見開いた目で妖怪を睨《にら》み、低い声を響かせ、見ている新でさえ気圧《けお》されるほどの怒気を発していた。

「もういっぺんここに足踏み入れてみろ。次はお前の目ん玉にこれを突っ込むぞ」

声は静かなものだったが、そこに込められた感情は、いっそ殺気にも感じられた。

妖怪は明らかに怯《おび》えた様子で、黒い煙を残しながら飛び去り、上空で消えた。

「チッ！　雑魚《ざこ》が！」

紅鷹は子どもには見せられない顔で舌打ちして、妖怪が消えて行った方向を睨んでいた。

「あらたぁ……」

「あ。もう大丈夫だよ。あの妖怪は紅鷹さんが追い払ってくれたから」

リコの背中を叩いて宥《なだ》めていると、紅鷹がコッコッと窓を叩く。

「もう消えよったさかい、どもないで。出てこい」

すっかりいつもの表情に戻った紅鷹が、キーで車の鍵を開ける。新がリコを抱えながらドアを開けて外に出ると、不意に酒の匂いがした。とはいえ嫌な匂いではなく、どこか甘い芳香だった。辺りが清々《すがすが》しくさえ感じられる。

「紅鷹さん、その水鉄砲は……」

「ああ、これな」

紅鷹は持っている水鉄砲の銃口を、自分の開けた口に向けて引き金を引き、ごくんと飲み込む。妖怪には効いたようだが、彼には何ともないらしい。

「お酒……ですか？」

「これは奉納された清酒や。もしも何かあった時はこれぶちまけろて、コンやリコの親に言われとったんやけど……二度とせえへんわ」

「え、何でですか!?」

手で顔を覆って後悔する紅鷹に、新は首を傾げた。

「め…………っちゃくちゃ、美味《うま》い。全部俺が飲も」

「何言ってるんですかダメですよ！　緊急時用に置いといてください！」

真剣な顔で言う紅鷹に、思わず叫ぶ。さっきの妖怪を相手にした時よりも真に迫っている。紅鷹は顔を上げると、新ににこりと微笑んだ。

「……一緒に飲もな？」

「共犯にしないでください！　というか僕、飲めません。一口で倒れるので」

「一口で!?　ヤマタノオロチは大酒飲みやったのにか!?　まあそれで身滅ぼしたんやけど」

驚愕《きょうがく》の顔をしてから、新を共犯にできないと知って、紅鷹は小さく舌打ちした。緊張感がない。彼にとってはあのぐらいの危機は慣れたものなのだろうか。

「なーリコ、どう思う？　こいつケチやと思わんか？」

新に抱きついたまま顔を上げないリコの頭を、紅鷹が撫《な》でる。しかし反応がない。

「おーい、いつまでくっつき虫しとるんや。お前らしないぞ」

「リコちゃん。さっきの妖怪は紅鷹さんが追い払ってくれたから、もういないよ」

新がそう言うと、リコはうなずく。冷静な子だから、それはわかっているようだ。しかしまだ不安や恐怖が残っているのだろう。新はもう一度抱き締めて、紅鷹を見る。

「あのぐらいの奴なら、こいつも遭遇ぐらいしとると思うんやけどなぁ。お前がそないに怖がるような奴やったか？」

リコは新の胸に顔を押しつけたまま首を振った。顔を上げると、不安そうに新を見た。

「あらた、せなかと、うで、いたそうだった」

「ん？　新、お前怪我でもしとるんか？」

「え？　そういえばさっきの妖怪の髪が伸びてきて——痛ぁ!?」

答える前に紅鷹は新のシャツをめくった。そしてバシンと音を立てて背中を叩く。

「なーんもなってへん。どもないどもない！」

紅鷹がそう言って笑うと、リコは新から紅鷹に視線を移した。

震える声には、自分を責めるような響きがあった。その顔を崩すように、紅鷹がリコの額をつんと突《つつ》く。

「……わたしの、せい？」

「アホ。何でお前のせいやねん。ここの結界は――」

紅鷹が目を瞠《みは》って、一度口を閉ざし、新に詰め寄るように振り向いた。

「おい、新。あの妖怪、どこにおったんや？　寺の外か？」

「いえ、いつのまにか、蔵の裏にいたみたいで……」

リコが招いたのかと新は一瞬考え、紅鷹を見たが、彼は首を振る。

「子どもに招く許可は出せへんようになっとる。何招くかわからんからな」

「じゃあ、今の妖怪は、一体……」

どうやって入って来たのか。新が招いた覚えはない。紅鷹はいなかった。珠紀や百々がそんなことをするはずもないし、その理由もない。

紅鷹は顔を和らげ、リコの頭にぽんと手を置いた。

「とにかく、リコ、百パーお前は関係ない。そろそろおやつやろ。食べに戻るで」

「きっともうみんなも起きてるよ。あんまり遅いと、僕達の分、誰かに食べられちゃうね」

「そら急がなあかんな」

紅鷹と新が明るくそう言ったが、リコは再び新の胸に顔を埋《うず》め、何も答えなかった。

おやつはみんなで食べたものの、リコはずっと元気がなかった。

子ども達が境内に遊びに行ったところで、新は紅鷹と珠紀に経緯を説明し、二人ともどうして妖怪が入って来たのか、首を傾げた。

「ま、結界に何かしら問題があったんかもしれん。あいつらの親には俺から連絡しとくわ」

「あの、リコちゃんの親御さんには僕から……」

新が言いかけたところで、紅鷹が気の抜けた顔で手を横に振った。

「あー、謝罪とかはいらんで。俺が追い払えるぐらいの雑魚やったし、あいつらの親、変なとこスパルタやさかい、下手するとそのぐらい自分で追い払えとか言い出すと思うねん」

「あー、あるわね、そういうとこ。妖怪の世界はまだまだそういう野蛮な感じだから」

「そんなん俺らの負担が増すだけや。戦闘訓練も盛り込めとか言われたらたまらんわ」

「新くんは絶っっっ対、余計なこと言っちゃダメよ？」

二人揃って綺麗《きれい》な笑顔でプレッシャーを掛けてきたので、新はうなずくしかなかった。

「よ、妖怪と人間とでは、まだまだ常識に違いがあるんですね……？」

「その辺をあいつらにわかってもらうための場所なんやけどな、ここ。あいつらの親こそわかってへんとこあるねんなぁ……」

紅鷹はため息を吐いて、立ち上がろうとして、ふと新を見つめる。

「そういえば、新。お前、その力でリコを守れたんちゃうか？」

あの妖怪《ようかい》の黒い髪が絡みついた時、新は咄嗟《とっさ》に叩《たた》き落とした。頑丈な体も、リコを守れた理由かもしれない。

（そんな風に、考えてなかった、けど……）

「コンの狐火の時も、コンを守るためやったし、案外、すぐコントロール出来るようになるんちゃうか？」

そう言ってニッと笑ってから、紅鷹は電話をするためにその場を立った。珠紀も片付けと明日《あした》の用意があるからと、子ども達を新に任せた。

「……ねえ、紅鷹」

振り返った先の珠紀は笑顔を消していた。

「……こんなこと、私も言いたくないんだけど」

「ほんなら言うな」

言葉を遮るように言った紅鷹を、珠紀は睨みつける。

「私だって、新くんを疑ってるわけじゃないわよ。ただ、あの子は大妖怪の血を引いてるんでしょう？　それが何か影響してるんじゃないかって……」

「そんな血、うっすいもんやて百々も言うてたやろ」

「今までこんなことはなかったでしょ。原因を早く突き止めないと」

「わかっとる。せやから、お前も疑うのはやめろ」

睨み合いつつも、お互いの性格はわかっている。先に目を閉じたのは珠紀だった。

「ったく。どうせ私の言うことなんて聞きやしないんだから、好きにしたらいいわ」

「ケッ。こっちのセリフじゃ」

紅鷹が悪態を吐き、スマホを取り出したのを機に、珠紀も背を向けてこの話を終えた。

三姉弟《きょうだい》は先にお迎えが来て、境内にはコンとリコが残っていた。コンは今日も泊まるので、実質リコが残っているだけだ。

ふと新が気付くと、夕日のオレンジ色に染まった境内には、コン一人しかいなかった。

「あれ？　コンくん、リコちゃんは――」

コンは丸まった小さな子狸を、両腕で抱え上げていた。

「もしかして、その子……」

新がそう言いかけた時、珠紀がやってきて、コンの腕の中にいるリコを見下ろした。

「あら？　リコちゃん、どうしてタヌキの姿に戻ってるの？」

コンは新と珠紀を見上げて、リコの代わりに二人の質問に答えた。

「リコねえ、もうへんげちたくないんだって」

「ええ⁉　どうして⁉」

新が思わず声を上げると、リコはコンの腕から降りて、走り去って行く。が、遠くへは行かず、本堂の前で止まって丸くなった。コンが駆け寄り、本堂に登る階段に座ってリコを膝《ひざ》に乗せた。

「昼間の件かぁ……」

珠紀が困った顔を片手で覆った。

「でも、あれはリコちゃんは関係ないのに……」

「何かしらリコちゃんは責任感じちゃってるみたいね。にしても、困ったわね……」

深刻とはいかないが、弱り切った表情で、珠紀は腕を組んだ。

「どうかしたんですか？」

「リコちゃんが一番人間に化けるのが上手でしょ？　子ども達の中でもお手本になってたのよ。子ども達の間で真似っこするとわかりやすいみたいでね」

コンや風香達は、人間の姿を取っていても、耳やしっぽなど体の一部が動物のままだったりする。しかしリコにはそれがない。新には人間の女の子にしか見えない。

「だからリコちゃんがタヌキに戻っちゃうと、他の子達も引っ張られる気がするのよね。——ほら」

そう言って、珠紀はリコを撫でるコンを見て苦笑した。新もそちらを見れば、コンの白いほっぺたに光るものがあった。目を凝らすと、細いヒゲがぴょんと生えていた。さっそくコンが引っ張られている。新が驚くと、珠紀が額に手を当ててがくりと肩を落とす。

「まあ、コンくんは元々不安定なとこあるんだけどね。リコちゃんが人間の姿に化けられるようになってから、他の子達もぐんと変化《へんげ》がうまくなったのよ」

珠紀は腕を組んで、小さく息を吐く。

「あの子、冷静だし頭もいいから、あんな風になったことなかったし……どうしようかな」

「……怖い思いを、させてしまいました」

「え、あ！　新くんのせいじゃないのよ!?」

もっとちゃんと、怖い思いをしないよう、守ってあげられたのではないだろうか。あの時、新が下手に攻撃を払ったりしなければ、妖怪を怒らせなかったのではないか。済んだことを考えても仕方がないかもしれないが、どうしても考えてしまう。

「なーに二人揃って辛気くさい顔しとんねん」

「うわあっ!?」

紅鷹の声が真後ろから聞こえたかと思うと、膝の裏を膝で蹴られた。いわゆる膝カックン。慌てて体勢を立て直し、新は驚いて跳ね上がった心臓を押さえる。

「ほんまお前、いたずらし甲斐《がい》あるわ」

「保育園児もしませんよ今時！　ていうか危ないからしちゃダメなんです！」

新の抗議を「へーい」と聞き流し、紅鷹は本堂の階段に座るコンとリコに気付いた。

「何や、リコの奴、まだ落ち込んでんのか？　あいつもまだまだやなー」

「何であんたはリコちゃんの師匠目線なのよ。あんたが師匠とか大迷惑だわ」

冷たい珠紀の発言にべーっと舌を出して、紅鷹は再びリコを眺めやる。

「せやけど、あんだけ楽しそうにしとることができんようになるのは、人生面白なさそうやな」

「そうですよね。リコちゃん、いたずらが成功すると、すごく嬉《うれ》しそうに笑うし……それが原動力になってるとこありますよね」

だからいつも叱るに叱れない。珠紀も同じなのか、笑顔になって新を見上げてきた。

「そうなのよね！　いつもクールなのに、天使みたいな顔で笑うの～！」

「可愛いですよね～！」

「すっかり親バカみたいになっとんなお前」

珠紀とつい調子を合わせて高い声を出していた新は、紅鷹の冷静な声にちょっと恥ずかしくなってしまった。

「く、紅鷹さんは可愛くないんですか？」

照れ隠しと悔し紛れにそう言ってみると、紅鷹はニッと笑い、

「阿呆《あほう》。可愛なかったらとうに放り出しとるわ」

恥ずかしがる様子もなくそう言ってのけた。素直に負けを認めた方が良さそうだ。

「ほんで？　どうにかしたいんか？」

「それは、もちろん」

しかしどう言って慰めればいいのか。下手なことを言って、怖かったことを思い出させるようなことはしたくない。

そんな新の胸中を察していないのか、あえて無視したのか、紅鷹は背中を叩いてきた。

「ほな早《は》よ行ってこいや。お前が思てること言うたらええ。あっこにおるいうことは、リ

コも待っとるんちゃうか？」

新が紅鷹を見つめ返すと、彼は穏やかに笑った。

「行ってきます！」

紅鷹の「おう」と答える声が、新の背中を押した。彼の声は不思議と、迷いを軽くする。


本堂の階段の前に立って、新はコンの膝にいるリコに呼びかける。

「リコちゃん、そっち行ってもいいかな？」

コンがリコの頭の部分に顔を寄せる。コンはうなずいて、新に笑いかけてきた。

「きてもいいって！」

「よかった。ありがとう」

コンの隣に座って、新は少し屈《かが》んだ。

「リコちゃん、お話ししよう。ううん、僕のお話を聞いてくれるだけでいいよ。そのままでいいから」

しばらく間があって、タヌキの姿のリコは立ち上がった。逃げてしまうかと思ったが、コンの隣に座った新の膝に、ちょこんと乗って、丸くなる。その様子を見てから、コンが新を見上げてきた。

「あらたぁ。コン、おくちチャックちてるから、ここにいてもいい？」

新がうなずくと、コンは口を手で塞《ふさ》いで、リコをじっと見つめていた。珠紀の言葉からも、リコがこれだけ落ち込むのは初めてのようだ。コンもリコが心配なのだろう。

リコの小さな体が落ちないように、新は膝をできるだけ平坦《へいたん》にして、手の平で囲った。

ふわふわした毛先が少しくすぐったい。

「リコちゃん。あれはリコちゃんのせいじゃないよ。むしろ、僕はリコちゃんのお陰で助かったと思ってるよ」

もそもそと、毛先が黒いしっぽが小さく動く。

「リコちゃんが前の日に、あの妖怪に化けてくれてなかったら、僕はもっと危ない目に遭ってたと思う。僕だけじゃない。リコちゃんや、他のみんなも危なかったかもしれない」

危ない目に遭った、そう言った時、リコの身体がピクリと動いた。

「でも化けてくれたリコちゃんと、教えてくれた百々先生のお陰で、あの妖怪が危ない奴なんだって知っておけた。だから僕もすぐに逃げられて、誰も怪我しなかったんだよ」

新がそう言ってふわふわの頭を撫《な》でると、ポンッ！　という音と共に、膝の上で煙が上がる。重みと共に、煙の向こうから女の子が現れ、新の膝に座っていた。小さな手が、新の服にぎゅっとしがみついて、顔をその胸に押しつけていた。

リコは冷静で、頭も良い《い》。きっと自分でも、自分が悪くないことはわかっている。それでも、いたずらをしてしまった引け目や、怖かった思いが行き場を失って、どうすればいいかわからなくなったのだろう。

「……リコ、あらたをこわがらせちゃった」

いつもは「わたし」と言っているのが、「リコ」になっている。甘えていいと伝えるように、新は両手でリコの身体を抱き締めて、とんと叩《たた》いた。

「あの妖怪《ようかい》に化けて、僕をびっくりさせた時のこと？」

「あらた、あんなふうにこわかったのかなって、おもったの……！」

あの妖怪に襲われた時、リコはずっと怖がって、新にしがみついていた。あんな風に新を怖がらせてしまったと思っているようだ。

（さすがにあんなには怖くなかったけど……）

何よりリコが化けた姿には、全身が総毛立つような敵意や悪意はないのだ。

「リコちゃんだってすぐわかったから、大丈夫だよ」

「……でも、もうやだ。もうやめる」

「ねえリコちゃん。確かに僕は怖がりだよ。幽霊とか、今も怖いし、今までは妖怪も視えなかったし、いるとも思ってなかったんだ」

リコが目を見開いて、新を見上げてくる。やはりその目には涙が滲《にじ》んでいた。

「そうなの？」

「あらた、ちらなかったのー!?」

口を手で塞いでいたコンも、思わず手を離し、目と口をまん丸にして声を上げていた。

そしてハッとして再び口を塞ぐ。

「全然知らなかった。だから、リコちゃん達に教えてほしいんだよ、どんな妖怪がいるのか。僕はリコちゃん達の人間の先生だけど、リコちゃん達は、僕の妖怪の先生なんだよ」

リコとコンはびっくりした目を見合わせた。

「リコが、せんせい……」

「コンもー!?」

「そうだよ、コンくんも、風香ちゃんも、一颯《いぶき》くんも、凪沙《なぎさ》くんも。みんなで色んなことを教えあっていけたら素敵だなって、僕は思うよ。先生でも、大人でも、失敗しちゃうことはあるんだ。……僕も」

新は目を閉じた。自分の失敗から、目を逸《そ》らすように。

「……僕もここに来た日、南京錠を壊したり……他にも色々失敗したんだ、たくさん」

この力が恐ろしい。たくさんの物を壊し、壊すかもしれないから。それでも紅鷹は「その力でリコを守れたんちゃうか」——そう言ってくれた。そうなのかもしれないと、少しだけ、自分を見つめられる気がした。

「おとなも、しっぱいするの？」

リコは意外そうにパチパチと目を瞬《まばた》かせる。その目に、新は微笑んだ。

「うん。みんな、色々失敗して、大きくなっていくんだよ」

「リコ……おっきくなれる？　しんしに、なれる？」

「うん、おっきくなれるし、リコちゃんなら、神使にだって、きっとなれるよ」

「……いたずらしても、きらいにならない？」

「リコちゃんがいくら失敗したって、いたずらしたって、僕はリコちゃんが大好きだよ」

リコは不安を口にし、新が答えるごとに、顔を和らげていったが、今度は少し考えて、真剣な目で尋ねてきた。

「リコ……へんげ、やめちゃだめ？」

「うーん、ダメっていうことはないよ。でも、リコちゃんだって、本当はやめたいわけじゃないよね？　変化《へんげ》するの、得意だし、大好きでしょ？」

リコは言葉では答えなかったが、真剣な目のまま、大きくうなずいた。

とはいえ、これからリコが変化する度に不安に思うことは避けたい。もしかしたら、それで変化の出来に影響が出るかもしれない。何かいい方法はないかと考えて、ふと視線を落とした先に、階段に誰かが書いた落書きを見つける。そこで新は閃《ひらめ》く。

「いいこと思いついた！　これならリコちゃんが安心して変化できるんじゃないかな」

「「なに!?」」

リコだけでなく、コンも一緒になって、新に飛びついてきた。


翌日。かくれんぼをしていると、またリコが出てこない。新は辺りに呼びかける。

「リコちゃーん、どこ行ったのー？」

（昨日の今日だけど……きっとまた僕のこと驚かせようとしてるんだろうな……。わかってても、びっくりしたフリしなきゃ）

新がそう思いながら茂みなどを捜していると、つんと背中を突かれた。きっとリコだろう。あえて何も言わずに振り返ると、そこには新がいた。――いや、それは新ではなく、一つの大きな目玉に、新の全身が映りこんでいたのだ。二メートルはある大きな目玉にぎょろりと見つめられている。一拍遅れて、新の喉《のど》から悲鳴が迸《ほとばし》った。

「っわあああああああ!?」

「んふふっ！」

巨大な目玉の妖怪は、可愛い声で笑って、人間サイズの手の平を見せてきた。そこには、ピンクのサインペンで描かれたハートマークがあった。それは昨日、新が提案した、他の妖怪と見分ける方法だった。妖怪に化ける時は、どこかに自分のマークを描く。リコはハートを描くことに決めていた。

新はがくりと地面に膝《ひざ》を突く。

（よ、予想してたのに、普通にびっくりしてしまった……！）

新がバクバクと脈打っている心臓を押さえ、顔を赤くしていると、ポンッという音がして、リコが現れる。その顔には、とろけるような笑みが浮かんでいた。

完敗です、と心の中で言ってから、新はリコに笑いかける。

「やっぱり上手だね、リコちゃん」

新が手を上げると、リコは一度きょとんとしてから、新の意図に気付いて、ハートマークの描かれた手を振り上げる。

新とリコはパチン、と手を叩き合い、笑った顔を見合わせた。

新は寝所になっている座敷の襖《ふすま》を、少しだけ開けてそっと閉める。足音を忍ばせて、居間の戸を開けると、紅鷹が缶ビールを傾けていた。

「何や、コン、もう寝たんか？　早いな」

「はい、今日はすぐに。リコちゃんに感化されて、今日は変化の練習をがんばってましたから、疲れたんだと思います」

「ぐっすりやったら、今日は心配いらんか」

コンの狐火は、本人が疲れてぐっすり眠っていると出ないようだった。用心するに越したことはないが、少しずつ頻度が下がっていくといいのだが。

「リコももうすっかり元通りやな。昼間もお前の悲鳴が聞こえて来とったし」

心底おかしそうに、紅鷹は喉の奥で笑った。叫んでしまった手前、何も言えない。

上機嫌だった紅鷹だが、不意に笑みを消して眉を寄せた。

「せやけど実際、何で他の妖怪が敷地内に入って来られたんかがわからん」

「そうですよね。強い結界？が、あるんですもんね」

そしてそれは『招かれない限り』入れない——はずだった。なぜ招かれてもいない妖怪が敷地内に入れたのか。

「ここの結界は出入りの理由が単純や。単純やからこそ強い」

紅鷹はじっと新を見つめて、声を潜めるようにして言った。

「ちなみにお前、タマに疑われとるで。あの妖怪を招いたのが、お前とちゃうかって」

「え……」

新が呆然《ぼうぜん》とし、否定する前に、紅鷹が大きく噴き出した。

「ぶっはははは！　ありえへんやろ！　リコの変化した姿でガチビビリしとる奴が、本物の妖怪連れてくるはずあるかっちゅうねん！」

紅鷹は畳を叩きながら大笑いしている。彼が新をまったく疑っていないのはわかったが、その理由が非常に不名誉だ。言われた通り、リコのいたずらに驚く新にも原因はあるが。

顔に熱が集まるのを感じつつ、深刻な事態であることを思い出す。

「珠紀さんも、子ども達が心配だから、そう言ってるんでしょうし、僕は疑ってかかるぐらいでいいと思います」

「取り越し苦労したってしゃーないやろ。タマには俺から心配すんな言うといたるわ」

まだ笑いを引きずりながらそう言って、ふうと息を吐く。余裕のあるその態度にどことなく新は小さな反感を覚え、訊《き》かなくていいことを訊いた。

「紅鷹さんは、僕のことを疑わないんですか？」

「おん」

うなずきながら、あっさり即答された。その返事は適当そうにも聞こえるが、それが新を信頼している証拠に思えた。

「俺はお前もタマも百々も、そんなことするとは思てへん」

一瞬、遠くを見るような目をしてから、紅鷹は新に苦笑を向けた。

「俺もやけど、タマは一人で保育も調理もがんばっとったし、百々もよう相談乗ってくれたんや。あの二人がおらんかったら、とっくに俺は倒れとった。ここまでくるの、結構苦労したんやで？　お前が来て、ようやっと軌道に乗ってきたんや……今さらそれをぶっ壊すようなことをするはずがない」

そして紅鷹は微笑み、身体から力を抜いて軽く肩を竦《すく》める。

「何より、誰がどうのと疑うのも面倒臭いしな」

「面倒とかいう問題なんですかね……」

「俺は俺が気に入った奴を疑うのは面倒臭い！　好きなもんは好きなままでいたいんや！　わかるやろ。……んあ、ビールもうないやんけ。新、冷蔵庫から取って来てくれ」

「……えっ、あ、はい」

ストレートな物言いにぽかんとしていた新は、空き缶を振る紅鷹に言われた通り、立ち上がって台所へ向かった。

「……さらっとああいうこと言うんだから、こっちが照れるよ……」

冷蔵庫から缶ビールを手にしながら呟《つぶや》き、新ははたと気付く。

「っていうか、何で僕がビール取りに来てるんだ？」

こんな調子で、いつも彼のペースに巻き込まれている気がする。いいように使われてしまったが、今日ばかりは、あまり悪い気はしない。

ふと、リコのいたずらが成功した時の顔を思い出して、手にしたビールを見下ろす。ドキドキしながら、少しだけ缶ビールをシェイクし、何事もないかのように彼に手渡す。

「おおきに」

紅鷹はテレビを見ながら受け取り、両手で持って、缶ビールのタブを起こす。――新の顔面に向けて。プシュッと噴き出したビールは、新の顔にしっかりかかっていた。

「嘘のつけへん奴やなー。リコに弟子入りでもして出直して来い」

ビールで濡《ぬ》れた顔で黙る新を見てニヤッと笑い、紅鷹は泡を啜《すす》りながらティッシュを差し出してきた。しかし新はそのティッシュの箱を受け取れず、取り落とす。

紅鷹の顔がぐにゃりと歪《ゆが》む。視界が揺れて、霞《かす》んでくる。畳に膝を突き、新はそのままバタンと倒れた。身体が熱くて、頭全体が重くて痛い。特に、なぜか額が痛かった。

「おい新！　どうした!?　しっかりせえ！」

紅鷹が何か言っているが、もうよくわからない。ただ、その良く通る声が頭に響く。心配させてしまったんだろうか――そんなことを思いながら、新は意識を手放した。


「おい、新！　あかん、百々呼ぶか――」

揺さぶるが、反応がない。紅鷹がスマホに手を伸ばした瞬間、新から深い呼吸が聞こえて来た。しばらく様子を見てから、紅鷹はスマホから手を引っ込めて声を上げた。

「寝とるんかい！　マジで一口で倒れるんかこいつ……。心配さすなや！」

思わず新の頭をはたこうとしたが、あるものが目に入ってその手を止める。

「……やっぱり、そうか」

真っ赤な顔をして眠りこけた新を見下ろして、紅鷹は神妙な声で呟いた。

第四章　小さな手から零れる想い

「もう何ともないか？」

車を運転しながら、紅鷹《くれたか》が助手席の新《あらた》に問いかけた。

「はい、もう何ともないです。すみませんでした……」

新は恥ずかしくて熱くなった顔を覆う。

昨夜、新はビールをシェイクして紅鷹に渡すという悪戯《いたずら》に失敗し、逆に顔面にビールを噴射され、それだけで酔い潰《つぶ》れた。気付けば朝で、コンを挟んで紅鷹も座敷で一緒に眠っていた。突然倒れた新を心配してくれたらしい。

そして今日、新は二日酔いで午前中は使い物にならなかった。幸い、三姉弟《きょうだい》が両親の都合で急遽《きゅうきょ》お休みになり、コンとリコは珠紀《たまき》が見てくれていた。

午前中は住職としての仕事があった紅鷹も、午後からはフリーだということで、新の母の実家近くにある、ヤマタノオロチにまつわる――かもしれない――神社に行くことにした。二日酔いの頭痛も治まったので、新も珠紀も了承した。コンとリコにはぐずられたが。

「突然倒れるさかい、俺もマジでビビったわ。ほんまに酒弱いんやなお前」

「母親の家系は、みんな極端に弱いんです」

「俺、法事の時めっちゃ酒勧められたで？」

「飲んでた人は、母親の家系じゃないと思います。あとそれはたぶん、紅鷹さんに飲んで欲しかっただけな気がします……」

「俺かて車やなかったら勧められるままアホほど飲みたかったわ！」

一口で倒れるほどの新には、酒の魅力がわからない。

車は住宅の集まる地区に入っていく。ちらりと鳥居が見えた。駐車場らしき空き地に車を停《と》め、紅鷹はさっさと車を降りる。新も彼の後に続いた。

その神社は山の中ではなく、すぐ傍に住宅が建ち並ぶ中にあった。地域の神社という印象だ。

「伊福来《いぶき》神社……。あれ？」

「何や？　ちなみにやんちゃ坊主の一颯《いぶき》とは全然関係ないで」

鳥居の前の石柱に書かれた名前を読み上げていると、不意に脳裏に幼い頃の記憶が蘇《よみがえ》る。祖母に手を引かれ、ここまで散歩に来たことがある。

「いえ、僕、昔ここに来たことがあります。祖母と散歩で。今思い出しました」

「お、マジか。そん時おばあさん、何か言うてたりせんかったか？」

「いえ。祖母に妖怪《ようかい》は視えてなかったと思いますし、本当にただの散歩でした。ただ……」

新の手を引いて、本殿の前で祖母は微笑みながらこう言った。

『ここの神様が、新のことを見守っててくださるからね』

「――そう言ってたんです。祖母が、祖先のことを知ってたとは思えないですし、それだけなんですけど……」

「何かしら感じ取ってたんかもしれんな。……おばあさんのこと、思い出せてよかったな」

紅鷹はそう言って優しく笑った。情報という情報ではなかったが、確かに懐かしい祖母との思い出に、胸が温かくなった。

紅鷹はまだ鳥居をくぐらず、その向こうの本殿を見つめた。

「ここに祀《まつ》られてる神様が、ヤマタノオロチやった、っちゅう説もあるみたいなんや。まあここは、山の神を祀るための神社やけどな」

「え……？　ヤマタノオロチって、妖怪、ですよね？」

「妖怪やら鬼やらは、大物になると神として祀られることも珍しない。祀ることで悪い妖怪から、力強い神として人間の味方につけるんや」

日差しが暑いが、紅鷹は神社の中には入ろうとしない。

「ほんで、ヤマタノオロチが人の姿になって、人に産ませた子どもが、伊吹童子《いぶきどうじ》っちゅう鬼らしいわ。そいつも大酒飲みで怪力の暴れもんで、ヤマタノオロチの性質そっくりやったから、里の人間が殺そうと谷底に落とした。せやけど生き延びて、あの有名な酒呑童子《しゅてんどうじ》として暴れ回った――みたいな話もある。なんせ神話やから、色々説があってなぁ……」

「ちょ、ちょっと待ってください！」

情報量が多くてついていけないが、新はとりあえず、気になった単語を口に出す。

「お、に……？」

おにごっこの、鬼？　節分で豆を投げられる、あの鬼？……本物の、鬼？

しばらくぽかんとしていた新の反応を、紅鷹は暇そうに待っていた。

「つ、つまり、ええと……僕のこの力って……」

暑さもあるが、それだけではない汗を流しながら、新は恐る恐る紅鷹を見る。視線には否定して欲しいという思いも込めていたが、紅鷹はあっさりうなずいた。

「ヤマタノオロチっちゅうより、その子孫の鬼の力、ってことやろな。このぐらいさっさと言うたらええのに、百々《どど》の奴、勿体《もったい》ぶりよってからに」

そこで紅鷹がなかなか神社に入ろうとしない理由が新にもわかった。さすがに山の神として祀られている神様を境内で鬼などと言うのは気が引ける。新も恐ろしい。

そんな存在の血がごくわずかでも流れているのか。何もわからないよりはずっといいが、それはそれでまた別の悩みが生まれてきた。思わず頭を抱えてしまう。

「また何でそんな、怖い存在が出てくるんですか……！」

詳しくない新でも、酒呑童子という鬼が、昔、暴虐の限りを尽くした悪い鬼だったということは知っている。ショックを受けて項垂《うなだ》れている新を気にも留めず、紅鷹はのんきそうに首を傾げる。

「せやけど、ヤマタノオロチや伊吹童子、酒呑童子の共通項は、大酒飲みやったことなんやけどなぁ。お前は何でそんな弱いんや？　あ、祖先が酒で身滅ぼしたからかもしれんな？」

そんなことを口に出して考えながら、紅鷹はじっと新を見つめてくる。見慣れたと思ったが、やはり彼の顔の造形は美しい。紅鷹の方がよっぽど妖怪の血を引いていそうだ。

その紅鷹の目が、少々新を睨《にら》むように見つめた。

「で、お前、ここで何か感じたりせえへんのか？　おもろないなー」

「はあ……特にないです。ていうか紅鷹さん、完全に面白がってますね⁉」

「ほな、祖先かもしれん神様に、怪力をコントロールできるようになりますようにて、お願いして帰ろか～！　今は祀られてる神様やし、お願いも聞いてくれるかもしれんしな！」

新の言葉には答えずに――それが答えになっている――、紅鷹は一礼して鳥居をくぐっていく。紅鷹に続き、少し躊躇《ためら》ってから、新はそろそろと鳥居をくぐった。が、やはり特に何かが起こるわけでもなく、ただ涼しい風が頬を撫《な》でたぐらいだった。

神社の参拝方法を紅鷹に教わりながら、本殿の前で手を合わせる。ぎゅっと目を閉じた暗闇の中で、新は心から願う。

（どうか、この力で人を傷つけるようなことにだけはなりませんように……！　できれば弱まっていってくれると嬉《うれ》しいです！）

ふと目を開けて隣を見ると、紅鷹の横顔は真剣そのものだった。整った唇がわずかに歪むほど、彼は力を込めた声を発した。

「ライブのチケットが当たりますように……！」

「紅鷹さん!?　今願うことですか!?」

「何や！　これは己ではどうしようもない願いやろ!?　俺は寺社仏閣に来たら、ついでに必ずこれを願うんや！　厳正なる抽選の結果は運やからな！」

「そ、そうですか……」

紅鷹の剣幕に押されて、新はそれだけしか言えなかった。そしてふと、彼の言葉に、自分の願いを顧みる。

(己ではどうしようもないこと、かな……僕の願いは)

この怪力はもう新の性質だと、百々は言っていた。まだ手探りではあるが、これからこの怪力を自分のものにするのは、新の努力次第なのかもしれない。だったら——

「……どうか、まだみんなと一緒にいられますように」

コンやリコ、風香《ふうか》、一颯、凪沙《なぎさ》、珠紀、百々、そして紅鷹。優しい居場所を与えてくれた彼らと、一緒にいたいと思った。だから心から願う。もしかしたら、これは途方もない願いかもしれないから。

「……恥っず」

隣でぽつりと紅鷹が何か呟《つぶや》いた。見れば、彼は視線を逸《そ》らし、どこか照れているような気もした。新は首を傾げる。

「え？　何が…………も、もしかして、僕……っ」

紅鷹は新を見ると、その綺麗《きれい》な顔にニヤッと意地の悪い笑みを浮かべた。新は自分の行動を察した。顔に熱が集まってくる。

「おう、ばっちり声に出しとったで。聞いた俺まで恥ずかしいわ」

何も言えずに赤くなった顔を覆う。紅鷹はすでに新をからかう調子になっていた。

「そ、そういえば、ついでって言ってましたけど、紅鷹さんは何を願ってたんですか？」

そしてそれは、紅鷹にはどうしようもない願いなのだろうか。

新の問いかけを聞いた瞬間、一瞬だけ、紅鷹の顔が強張《こわば》った気がした。

しかし新が謝るより早く、紅鷹はいつもの明るい笑みを浮かべた。それは特に無理をして取り繕ったような表情ではない。自分の反応が、どこかおかしそうでもあった。

「……せやな、もうお前には話した方がええな。お前はもう、うちのもんや。俺が何で、あの寺に拘《こだわ》ってんのかっちゅう話や。ま、色々込み入ってるさかい、また今度な」

（紅鷹さんが、あのお寺に拘ってる理由……）

彼はどうしても続けたい理由があると言っていた。その理由を知ることは、新も彼の力になれるということかもしれない。

勢いよく新の背中を叩《たた》き、紅鷹はくるりと踵《きびす》を返し、参道を戻っていく。

「しゃーないな、責任者として俺がお前の願い叶《かな》えたるわ！　神として崇《あが》めてもええで」

「崇めませんし忘れてくださいっ！」

先を行く紅鷹は声を上げて笑った。恥ずかしさで新は笑えなかったが、その言葉と笑い声が、胸にずっと響いている気がした。

神社に行った次の日は、新は二日酔いから完全復活していた。昨日神社で願ったことを、少しでも長く続けるために、子ども達に向き合っていた。……のだが、少々困ってはいた。風香の前で、珠紀がにっこり笑って、まさに猫なで声を出していた。

「ねえ～、風香ちゃん？　今日はちょっとがんばってみない～？」

対する風香は、頬を膨らませて、足元をじっと睨んでいる。

「いやだもん！」

そう叫んで、風香は珠紀に背を向けて走って行ってしまった。

今日は変化《へんげ》の訓練をしていたが、風香は朝から機嫌が悪く、今のやりとりになっていた。

珠紀は息を吐き、成り行きを見守っていた新に、風香が走って行った方を指差した。

「新くん、お願いします。最近、全然私の言うこと聞かないのよ。紅鷹め……私まで巻き込みやがって……」

この場に紅鷹がいたら、珠紀がその怒りを本人にぶつけていそうだが、彼は今住職としての仕事で外に出ている。

一颯が珠紀の顔を見上げた。その顔は申し訳なさそうに、八の字眉になっている。

「ごめんね。タマちゃん、きれいだから、ふうか、しっとしちゃってるんだよ」

「ありがと。ほんっと、女の子って生まれた時から女の子よねえ……」

（そして一颯くんはどうしてそんなにイケメンなんだろう……）

追いかけながら、新は一颯に尊敬の念さえ抱きそうになった。

珠紀が他の子ども達と訓練を再開する声を背中で聞きながら、新は門の前まで走って行った風香に追いついた。じっと座り込んでいる。新が隣に行くと、一度だけこちらを見たが、すぐに足元に目を向ける。

「風香ちゃん。今日はがんばりたくない日？」

風香はこくりとうなずく。新には少しだけ素直だ。そのことにホッとする。誰か一人でも素直になれる相手がいる方が、風香にとっても心が休まるだろう。

「わかった。でも、風香ちゃんが心配だから教えて。何かあったの？」

風香はじっと黙っている。

「言いたくないなら、無理に言わなくてもいいよ」

新がそう言うと、風香は首を振った。どう言えばいいか、考えていたようだ。また間があったので、新も黙って待っていた。すると、小さな口から、小さな声で、風香は言った。

「だって……ニンゲンなんかにばけたって、しかたないんだもん」

「仕方ない？」

風香の顔が赤くなる。泣く一歩手前という顔だ。その横顔は、じっと何かを堪《こら》えていた。

新が口を開こうとすると。

「じゃあぼくも、ニンゲンにへんげしない」

「わっ！　凪沙くん、いつの間に……」

新の隣、風香の反対側に、いつの間にか凪沙がちょこんと座っていた。

凪沙までそんなことを言い出してしまった。どうしようかと思ったが、

「いまだけ」

と少々拍子抜けする言葉の後、音もなくそよ風が吹いた。瞬きの間に、小さなイタチが、
凪沙のいた場所に現れる。それを見て、風香がすくっと立ち上がり、小さなイタチに怒る。

「もー！　なぎさはもどらなくていいの！　ちゃんとニンゲンのすがたになりなさい！」

キュ、と小さな鳴き声を上げてから、凪沙はもう一度男の子の姿に戻った。そして寺の
前を流れる川と道路の方を見て、不満そうに唇を尖《とが》らせた。

「……くれたか、かえってきた。くるまのおと、きこえる」

凪沙の言葉に、風香がぴくっと反応するが、その場であわあわして周りを見るばかりで
動こうとはしない。そうこうしているうちに、橋を渡って駐車場に紅鷹の車が入ってきた。

「本当に帰って来た……すごいね、凪沙くん」

「ぼく、みみがいいの」

新が感心して言うと、恥ずかしがり屋で引っ込み思案の凪沙も、ちょっとだけ得意げにそう言った。が、紅鷹が車から降りてくると、またふくれっ面に戻ってしまった。

「おかえりなさい、紅鷹さん」

「ただいまー。何やお前ら。みんなでお出迎えか？」

紅鷹の言葉に、ぷい、と二人して同じ方向に顔を逸らす。

「ち、ちがうもん！　くれたかなんか、まってないんだから！」

「まってない」

「風香ちゃん、凪沙くん」

むくれる二人の前に、新はしゃがみこんで、二人の顔を交互に見つめる。

「どんなに喧嘩《けんか》してても、あいさつはしよう？　これは人間も妖怪《ようかい》も関係ないよ。紅鷹さんがいなかったら、もうここでみんなで遊ぶこともできないんだよ？」

「何か俺がおらんなるみたいな言い方やめーや」

紅鷹が新の言い方に抗議してきたが、新は二人の顔を見つめるのをやめなかった。新の視線に、二人は顔を見合わせて、少し反省した顔をしてから、紅鷹を見上げた。

「「……おかえりなさい」」

「おう、ただいま」

ニッと笑って、紅鷹は二人の小さな頭を撫でる。凪沙は唇をつんと尖らせたままだったが、風香は紅鷹に撫《な》でられた瞬間、強張らせていた顔をふわりと緩ませた。

「んでお前ら、こんなとこで何しとるんや?」

紅鷹が屈《かが》んで顔を見た瞬間、風香はびくっと飛び上がり、凪沙の手を引いて走り出した。

「く、くれたかには、かんけいないんだからーっ!」

新はわざと怒ったような顔を作って、紅鷹に向き直った。

「何したんですか紅鷹さん」

「何もしとらんわ失礼な。さすがの鈍いお前でもわかっとるやろ。最近何でか知らん、前より当たり強いねん。シスコンの凪沙も引っ張られてな。俺が色々言うと余計ややこしなるさかい、あいつのことはお前に任すわ。頼んだで」

「ええー、そんな、無責任な……」

紅鷹はカラカラと笑って、責任を負わせた新の肩を軽く叩き、玄関へ向かう。確かに彼の言うことも尤《もっと》もだ。それに彼自身、この保育所と住職の仕事で忙しい。

新は風香が凪沙を連れて走り去った方を見る。大きな木の根元で、ちょこんと二人がそっくりな顔を出して、紅鷹を見つめていた。

「僕にどうしろと……」

「ごめんね、あらた」

いつの間にか足元に一颯がいて、また申し訳なさそうな顔で新を見上げてくる。

「なぎさは、ふうかのことがだいすきなんだ。だからね、ふうかがだいすきなくれたかに、しっとしてるんだ。おおきくなったら、わかってくれるとおもうんだけど……」

「そ、そうですね……」

大人顔負けの見解に、新の方が気後れしてしまい、思わず敬語になってしまった。大人達の言っていることを真似ている節もあるが、意味がわかっていないわけではなさそうだ。

「い、一颯くんは二人と同い年だよね……？」

「？　だっておれたち、みつごだもん。いっしょにうまれたんだよ？」

新の言葉に、一颯は今さら何をと、不思議そうな顔で首を傾げる。新もわかってはいたが、思わず聞かずにはいられなかった。

「一颯くんは、二人のことよく見てあげてるんだね」

「へへ。だって、おねえちゃんと、おとうとだから！」

ニカリと笑う顔は、そっくりな三人の中でも一番明るく、頼もしい。

紅鷹に風香と凪沙をどうにかしろと言われたが、何をどうしたらいいかわからない。一颯の眩《まぶ》しい笑顔を見て、新は思わず弱音を吐き出していた。

「僕が困ったら助けてね……」

すでに困っているのだが、その言葉に一颯は表情を明るくして、うなずいた。

「うん！　やくそくしたもんな！　おれ、あらたのこと、たすけてあげるからな！」

そうしてぎゅっと新を抱き締めてくれた。

イケメンだ。紛れもなく、彼はイケメンだ。


新が一颯に弱音を吐いたその翌日、まさに『困ったこと』が起きてしまった。

今日は風香も変化の訓練に参加していたのだが、紅鷹がやってきてリコの変化を褒めた。

「おー、リコ。相変わらず上手《うま》いやんけ」

今度は小さなカッパに化けていたリコが、ポンッと元に戻って笑った。

「んふふっ。またあらた、びっくりさせるの」

「おう、させたれさせたれ」

「やめてー……」

あまり大声でやめてとは言えなくて、小声になってしまった。そんな新の反応に、紅鷹とリコが顔を見合わせて笑う。

（紅鷹さんの悪い笑みが移らないといいけど……）

などと新が思っていると、そばで一颯の声がした。

「ふうか、どうしたの？」

「……あたしは、じょうずじゃない……っ」

「風香ちゃん？」

珠紀が覗《のぞ》き込むと、風香の顔がさらに歪《ゆが》み、大声で叫んだ。

「……くれたかの、ばか！　きらいきらいきらい！」

「うおっ⁉」

ぶわりと強い風が紅鷹に吹きつけ、彼は思わず左腕で顔を覆う。新は少々地面から浮いたコンとリコを慌てて抱き留める。それほど強い風だった。

風が収まった直後、紅鷹は風香を叱りつけた。

「コラァ、風香ぁ！　人を風で攻撃すな言うとるやろが！」

紅鷹の声に、風香がびくっとして固まる。

「ちょっと紅鷹さん！」

「何やねん、あかんことしたら叱るのは当然やろ！」

確かに今の風香の行動は危ない。大声で風香を制止させることは必要だった。

「紅鷹さんは口調がヤク——ヤンキ——乱暴なんですよ！」

「あぁん⁉　俺のどこがヤクザやねん⁉　言うてみろオルァ！」

「今のその言動すべてが！　やめてください教育に悪い！」

紅鷹は両手をポケットに突っ込み、目をカッと見開いて新を睨《にら》む……というより、ガンを飛ばし、綺麗《きれい》な顔を歪めて、巻き舌と低い声で怒鳴ってくる。大袈裟《おおげさ》な仕草で冗談だとわかった。いつもならそれでその場は流れるはずだった。……が。

ぽたりと何かが紅鷹の腕から落ちる。その赤い雫《しずく》を見て、新は慌てた声を上げた。

「紅鷹さん！　腕……！」

彼自身は気付いていなかったようだ。自分の左腕を見て、目を細めて「しまった」という顔をしたが、すぐにいつもの飄々《ひょうひょう》とした様子に戻り、サッと背を向けた。

「絆創膏《ばんそうこう》貼っといたら治るわ、こんなもん」

紅鷹はそう言って腕を隠した。しかし、

「あ……」

ごくごく小さな声が聞こえた。新がその声の方――風香を見下ろすと、その顔から血の気が引いていた。真っ青な顔を呆然《ぼうぜん》とさせ、紅鷹を見つめている。

「「ふうか……？」」

一颯と凪沙がその顔を覗き込み、二人の顔を見た瞬間、風香はその場を走り去った。

「風香ちゃん！　待って！」

門を飛び越えていく。新も慌てて木戸をくぐって、階段を下りる風香を追いかけた。ちょうど百々がこちらに歩いて来たのを見て、新は声を掛けた。

「百々先生！　いいところに！　紅鷹さんに絆創膏をお願いします！」

百々はその言葉に首を傾げていたが、説明は珠紀達に任せ、新は風香を追った。

目的もなくただ逃げていた風香は、慣れた道を走っていたのだろう。新は書院の裏で風香に追いついて、肩を掴《つか》んで引き留めた。

「風香ちゃん！」

新が顔を見ると、声もなく、風香の目からはポロポロと涙が零《こぼ》れ続けていた。

「くれたかなんか、きらい……っ！　ニンゲンなんか、きらい！　もうニンゲンになんか、へんげしたくない！　もうやだぁ！　みんなあたしのこと、きらいになっちゃった！」

涙が零れるごとに、風香の泣き声も叫ぶように大きくなっていく。

「そんなことないよ。みんな風香ちゃんのこと、大好きだよ」

「うそ！　あらたも、あたしのこと、きらいになっちゃった！　だって、だって……！

みんながだいすきなくれたかを、けがさせちゃった……っ！」

泣き声に嗚咽《おえつ》の声が混じる。苦しそうで見ていられず、新は風香を抱き上げる。暴れて逃げるかと思ったが、風香は抱きつく様子もなく、ただ泣きながら固まっていた。

「みんなも紅鷹さんが大好きだけど、一番紅鷹さんを大好きなのは、風香ちゃんだと思うよ」

自分でそう言ってから、新は気付く。恐らく今、一番心に傷を負っているのは——

「だから今、一番苦しいのは、風香ちゃんだよね」

「……どう、しよぉ」

風香の手が、新の肩をぎゅっと、痛いほどに強く摑む。

「くれたかに、けがさせちゃったぁぁぁ……っ！　くれたかのこと、だいすきなのにっ……きらわれちゃう！　やだぁ！」

「嫌わないよ。紅鷹さんも、風香ちゃんのこと大好きだよ」

「くれたかは、あたしのことすきじゃない！　あたし、しってるもん！」

一際大きな声で、風香は叫んだ。

「ニンゲンと、ようかいは、けっこんできないもん！　だいすきでも、いみ、ないの！」

「どうして急にそんなこと……」

「……ほかの、かまいたちのこに、いわれたの。にんげんとようかいは、けっこんなんかできないって！　すきになっても、いみ、ないって！」

自分に言い聞かせるような、自分を叱るような声で叫んでから、風香は声を落として新に抱きついてくる。

「いみ、ないのに……あたしは、くれたかがだいすきなの。だいすきなのに、いみ、ないっておもったら……かなしくなっちゃって、きらいって、いっちゃった……っ」

人間と妖怪《ようかい》という違いもある。身体と心の成熟度も違う。風香は紅鷹に確かな恋心を抱きながらも、その恋が叶《かな》うことはないと、誰よりも理解していた。

「こんなんじゃ、おてらからも、でてけって、いわれちゃうかもしれないしっ、ママとパパと、やくそくしたのに、しんしになれないよぉ！　みんな、あたしのこと、きらいになっちゃう！」

紅鷹につんつんしてしまうのは、照れ隠しや恥ずかしさだけではなかったのだ。不安で不安で、でもどうしていいかわからなくて、風香はこんなにも苦しんでいた。

「……ずっと一人で悩んで、苦しかったんだね。気付いてあげられなくて、ごめんね」

新が抱き締めると、風香は少し驚いたような顔で新を見つめてきて、首を振った。

「あらたはわるくないのに、なんであやまるのよぉ！」

風香は怒ったように言って、また涙を浮かべると、新に抱きついてきた。やっと少しは風香の心に寄り添えた気がした。

「風香ちゃんは、紅鷹さんが大好きなんだね」

新の言葉の後、風香は泣きながら、苦しさを吐き出すように、大きな声を上げた。

「だいすき！　くれたかのこと、だいすき！　わああああああっ！」

喉《のど》が千切れそうなその泣き声に、新まで涙が滲《にじ》みそうになる。言葉が出なくて、ただただ風香の背中を撫《な》でてあげることしかできない自分が情けない。

幼くとも、妖怪から人への想いだとしても、この子の恋は真剣で、本物だ。

「新くん。風香ちゃん」

穏やかな百々の声に呼ばれ、新は振り向く。風香も顔を上げると、彼は微笑んだ。

「紅鷹なら大丈夫だよ。少し派手に出血はしたが、そう深い傷じゃなかったからね。凪沙くんがほとんど治してくれたよ。一応包帯は巻いてあるが、もう大丈夫だろう」

「凪沙くんには、そんな力があるんですか？」

「風を吹かせて人に気付かせ、風で切りつけ、傷を治す。それが鎌鼬《かまいたち》の性質だ。凪沙くんは特に、治癒の力が強いんだ。風香ちゃんと一颯くんは風を操る力が強いようだけどね」

百々の言葉を聞いても不安そうに震える風香に、新は笑いかけた。

「きっと紅鷹さんなら、もう痛くないって言うと思うよ」

「ふふ、もう言っていたよ、なんともないってね。心配なんてするだけ無駄だよ」

百々のその言葉には、紅鷹との信頼関係と、彼への慈愛を感じた。百々は屈《かが》みこむと、新に抱き上げられた風香と目線を合わせる。といっても、彼は瞼《まぶた》を閉じているが。

「風香ちゃん。君に、お話を聞かせてあげよう」

新の胸に顔を埋《うず》めていた風香も、彼の優しい声に、目元だけを覗かせた。

「おはなし……？」

「人間と妖怪が添い遂げた……結婚して、ずっと一緒にいたお話だよ。聞きたいかい？」

百々の言葉に風香は顔を上げ、彼の閉じた瞼を穴が開きそうなほど見つめた。

「ききたい！」

声を上げてから、そこでふと不安そうな顔になって、風香は新を見上げてきた。

「……あらたも、いっしょにきいて？」

一度、新は百々を見た。自分も聞いていい話なのか、なんとなく気になった。百々は新の胸中まで見ているように、優しく微笑んでうなずいた。風香は新の服をぎゅっと摑み、小さな声で「こうしてて」と呟《つぶや》く。抱き締めて応《こた》えると、風香はこてんと頭を預けてきた。

中庭に降りる書院の縁側に移動する。そこは北向きで裏山に面しているため、陰も多くて涼しい。新と百々は縁側に座り、新の膝《ひざ》では風香がじっと百々の言葉を待っていた。

「むかしむかし……というほど昔ではないけれど、あるところに、美しい妖怪がおりました。彼女は妖怪でしたが、神に召し上げられた、ある土地を守っている神様でもありました。けれど彼女の土地では、信仰する人々が少しずつ、いなくなっていました」

「しんこう？」

「神様は、信じる者がいないと、少しずつ力を失って、消えてしまうんだ」

百々は悲しそうな顔をする風香の頭を撫でた。それは仕方のないことだと、なだめるように。そして穏やかに続けた。

「しかしもうすぐ消えてしまうという時、彼女の元に、一人の人間が現れました。男は、彼女に恋をしました」

新にぎゅっとしがみついていた風香が、急に起き上がった。泣いて潤んでいた目に、今度は違う輝きが小さく煌《きら》めいている。

「こい……」

「彼女もまた、人間の男に恋をしました。男に見つけてもらったことで、彼女はすぐに消えることはなく、二人の時間を過ごすことが出来たのです。二人は人間と、元は妖怪の神様でしたが、同じ気持ちで、ずっと一緒に、幸せに暮らしました」

「おなじきもち……？　ニンゲンも、ようかいも、おなじきもちになれるの？」

「もちろん。これはきっと、人間も妖怪も変わらない」

百々の穏やかで優しい声が、風香の表情を和らげていく。

「妖怪が人間に恋をしてはいけない理由なんてないんだよ。そういう、何かを求める気持ちは、誰に止められるものでもないんだ」

紅鷹が風香の恋心に応えることは、少なくとも今はまだないだろう。けれど。

新は風香の顔を覗《のぞ》き込む。

「人か妖怪かなんて、関係ないよ。風香ちゃんは誰を好きになってもいいし、何を好きになってもいいんだ」

「だいすきでも、いいの？」

「うん。大好きでいていいんだよ。その気持ちは、誰にもダメだって言えないよ」

少しずつ明るい表情を取り戻していた風香だったが、不意に俯《うつむ》いた。そして、小さな声で不安を口にする。

「いみ、ある……？」

「……紅鷹さんが、風香ちゃんと同じ想いを返してくれるとは、限らない」

新は躊躇《ためら》いがちに言ったが、風香は驚くほどあっさりうなずいた。風香はとっくに、そんな覚悟はしていた。ただ、その想いに意味がないと言われることが、彼女にとっては苦しくてつらいのだろう。

「でも、意味はある。絶対にあるよ」

強い口調でそう言って、顔を上げた風香に、新は笑いかける。

「だって、風香ちゃんが大好きって言ってくれたら、それだけで紅鷹さんだって嬉《うれ》しいはずだよ。笑ってくれるはずだよ。風香ちゃんだって、その方が嬉しくない？」

風香は両方の手の平を重ね合わせ、やさしく握った。

「うん……。くれたかがね、わらってくれると、あたし、うれしいの。……しあわせなの」

きっと風香の小さな手の中には、紅鷹への想いが詰まっている。風香の手で扱うには大きすぎた想いは、百々の話と新の言葉によって、彼女が手にできる形になったのだろう。

風香の閉じた目から、一筋の涙がこぼれ落ちる。それを拭うと、風香は新を真っ直ぐ見つめて、はっきりと言った。

「くれたかに、ごめんなさいする」

風香は膝から降り、新も縁側から立ち上がり、玄関の方へ回る。障子が閉められた書院の中で、畳を擦るような音がした。振り返った新に、遅れて立ち上がった百々が少し呆《あき》れたような顔で、唇に人差し指を添える。彼も障子の向こうの影に当然気付いていた。

（紅鷹さん、心配だったんだろうなぁ……）

「あらた、はやくー！」

風香の声に、笑いを堪《こら》えていた新は、すぐに彼女を追いかけた。

裏庭から境内に戻ると、珠紀が玄関の上がり框《がまち》に座って、その膝に一颯と凪沙を抱き上げていた。コンとリコがその両隣に座り、心配そうに二人を見上げている。

「一颯くんと凪沙くん、どうしたんですか？」

「いやぁもう、可愛いんだけどねえ……」

珠紀は困りながらも笑いを堪えた顔で、二人の頭を撫でている。

コンも一颯の頭を撫でて、新に説明する。

「あのねえ、ふうかが、かなしくなっちゃったから、ふたりもかなしいんだって」

珠紀の膝で、凪沙と一颯がぐすぐすと洟《はな》を啜《すす》り、涙を拭《ぬぐ》う。

「だって、だって、ふうかが、かわいそう……っ」

「ふうか、くれたかのことだいすきなのに、からまわりしてるし……！」

「か、からまわりしてないもん！」

一颯の言葉に風香は反論するも、噛《か》んでしまい、余計に恥ずかしそうだ。

そこへ奥の襖《ふすま》が開き、紅鷹が顔を見せた。その左腕には包帯が巻かれているが、範囲は小さく、血はついていない。新はわざと尋ねた。

「どこ行ってたんですか」

「便所や便所」

「『おはなつみに』っていって！」

適当な返事をしてリコに怒られる紅鷹を見て、風香は固まっている。そんな風香の前にしゃがみ込み、今注意されたばかりなのに、紅鷹はデリカシーのない言葉を向ける。

「何や風香、お前も便所か？」

「ち、ちがうもん！」

そう叫んでから、風香はぎゅっと服の端を摑《つか》んで、足元を凝視しながら口を開く。

「く……くれ、たか……」

「おう、何や、風香？」

風香はやっとの思いで彼の名前を呼び、紅鷹は問い返す。そのいつも通りの口調に、風香は少しだけホッとした表情をしてから、ゆっくりと顔を上げた。

「……けが、させて、ごめんなさい」

「かまへん。凪沙に治してもろたし、もう痛いこともない」

「……きらいっていって、ごめんなさい」

「嘘やてわかっとる」

紅鷹が答える度に風香の顔はどんどん赤くなり、その目にはじわじわと涙が溜《た》まっていった。ぽとりと大粒の涙が足元に落ちてから、風香は言った。

「……だいすきで、ごめんなさい……っ！」

「アホ！　そこは謝るとこやない。大声で言うことや」

紅鷹は風香の頭を撫で、視線を合わせる。彼はニッと笑ってから、声を張り上げた。

「俺はお前が大好きやで、風香！」

「っあたしも、くれたか、だいすきぃぃぃ！　うわあぁぁぁぁんっ！」

泣きながら紅鷹に手を伸ばすと、彼はひょいと風香を抱いて立ち上がる。

「ほんまにもー、面倒臭い女やで。そこがお前の可愛いとこやけどな」

ぽんぽんと頭を軽く叩《たた》いて紅鷹がそう言うと、涙を拭って、風香は紅鷹を見た。

「あたし、くれたかのこと、だいすきだから、けっこんして！」

「おっといきなり大胆になりよったな。約束はせえへんぞ。せやけどあと二十年経って、そんでも俺と結婚したい言うなら考えたるわ」

「したいもん！　あたし、ずっとずっと、くれたかがだいすきだもん！」

風香の力強い言葉に先ほどの不安はなく、新の心も弾んだ。そこでふと疑問が浮かんだ。

(紅鷹さんはそれまで独身でいる気なんだろうか……?)

なんてことが新の頭を過《よ》ぎったが、当然今は口にしない。

一颯と凪沙が珠紀の膝《ひざ》から降りると、紅鷹も風香を腕から下ろした。弟達は風香に飛びつくように抱きつく。一颯が泣き顔を吹き飛ばすような笑顔を浮かべた。

「よかったな、ふうか! ゆるしてもらえて!」

「うん。なぎさも、くれたかのけが、なおしてくれて、ありがと」

「……だって、くれたかがけがしてるの、ぼくもやだ。だからがんばった」

もじもじする凪沙の様子に、新は笑みを浮かべ、思わず凪沙の頭を撫《な》でていた。

(凪沙くんも、やっぱり紅鷹さんが大好きなんだよなぁ……)

しかし凪沙は不意に紅鷹を見ると、キッと睨《にら》んでぎゅうっと風香を抱き締めた。

「でもぼく、けっこん、ゆるさない」

「んもう、なぎさったら! おねえちゃんばなれしないと、ダメなんだから!」

「やだ。しない。ぼく、ふうかも、いぶきも、だいすきだもん」

「よしよし。おれもだいすきだよ、なぎさ。いつかくれたかのこと、ゆるせるといいな!」

「ほんでお前は何でそんな達観しとるんや」

大人顔負けの一颯の言葉に、紅鷹が笑いを堪えながらその額を突《つつ》いた。

凪沙が離れると、風香は新の元へやってきた。

「……ねえ、あらた。おみみ、かして」

座り込んで風香に耳を近づける。新の耳に囁《ささや》き声が聞こえて来た。

「にじゅうねんって、あとなんかいねたら、なれる？」

風香を見つめ返すと、顔を赤くして、期待した目で待っている。新がなんと答えればいいか迷っている間に、風香の声が聞こえた珠紀が笑いかける。

「風香ちゃんが、今の新くんと同じぐらいの年の女の子になったらね」

「へんげすればいいの？」

「それはズルよ」

むうっとむくれる風香に、リコが真剣な顔で言った。

「ふうか。いいおんなっていうのは、じぶんみがきと、じぶんへのとうしがひつようなんだって。そういうのは、じかんがかかるんだって」

「じぶんみがき……じぶんへのとうし……」

風香が神妙に呟《つぶや》き、リコもまた神妙にこくりとうなずく。必死でその言葉を理解しようとしている風香とリコに、男の子達は首を傾げ、大人達は必死で笑いを堪えていた。

その夜はなぜか、コンは新と紅鷹と一緒に寝ると言って聞かなかった。恐らく紅鷹の怪我が心配だったのだろう。コンが不安定になると狐火も出やすい。新と紅鷹を両隣にして、コンは眠りに就いた。

コンの隣で横になり、眠そうにしている紅鷹に、うちわでコンを扇《あお》いでいた新は小さな声を掛ける。視線は包帯を巻いた左腕に向けて。

「紅鷹さん、腕の傷、もう本当に大丈夫ですか？」

「おう。凪沙がほとんど傷は塞《ふさ》いでくれたさかいな」

欠伸《あくび》をしながら、紅鷹は声を潜めることもせずに答える。コンは変わらず眠っている。

「お前が気にすると子どもらも気にするさかい、お前は特に気にすな」

新が気遣うと、紅鷹は不機嫌になる気がした。そんな彼に心の中で小さく笑って、新はうなずいた。

「わかりました。ところで、百々先生と話してた時、紅鷹さん、書院にいました？　ダメですよ、盗み聞きとか」

「はいはい、すまんすまん。百々にも言われたわ」

反省の様子もなく言って、紅鷹はコンの寝顔を見ながらも、遠くを見るような目をした。

「風香のことも心配やったんやけどな……百々が、あの話をどこまで言うんか気になってな。まあ、百々が話すんやし、心配はしとらんかったけどな」

「あのお話の神様と男の人のこと、紅鷹さんも知ってるんですか？」

すべてがおとぎ話とも思わなかったが、紅鷹に関係があるとは思わなかった。

「あれはな、ここの先代住職の話や」

「え!?　ってことは、紅鷹さんのおじいさんの……あれ？」

ということは、紅鷹は妖怪《ようかい》の孫ということになるのだろうか。

紅鷹は新の言いたいことを察して、笑って首と手を振った。

「ちゃうちゃう。ここの先代は、じいさんて言うてたけど、ほんまは俺の大伯父《おじ》や。貞鷹《さだたか》て人でな。俺のほんまの祖父の兄貴や。俺の祖父は祖母の家に婿入りして、俺が子どもの頃に亡くなっとるさかい、ここに遺影はないんや。せやから俺はほんまのほんまに、ただ妖怪の類《たぐ》いが視えるだけの普通の人間や。何回もそう言うとるやろ」

（ってことは、この人の綺麗《きれい》な顔、天然なんだ……それはそれですごいな）

コンの隣で紅鷹は起き上がって、遺影の写真を見上げた。

「相澤《あいさわ》の家は、時々俺みたいな妖怪の類いが視えるもんが生まれるんや。曾《そう》祖母もちょっとそういう気があったらしいわ。親父は相澤の直系やけど、なーんも視えへんし、ここを継ぐ気もなかったから家出とるんやけどな。当然母親も視えへん」

そういえば、紅鷹が両親の話をするところを聞いたことがない。成人男性がそう何度もする話でないのは新もわかっているが、こういう事情を知るとまた別だ。仲が悪いのだろうかと、少し気まずく思っていると、紅鷹は新を見て笑った。

「ま、子どもの頃は視えるせいで多少親とも色々あったけどな。今は別に仲悪いわけやないから安心せえ。ほんまお前、わかりやすい顔すんなぁ」

子どもの頃なら、余計に心細い日々だったのではないだろうかと思ってしまう。しかしそんなことを感じさせない表情で、紅鷹は穏やかに続ける。

「だいたい長い休みはここに預けられとったな。俺も大伯父……貞鷹……もうええわ貞じいで。貞じいのことは好きやったし、ここの居心地も良かったさかい、全然気にしとらん」

紅鷹は右腕を後ろに突いて、小さくため息を吐いた。

「まあ……せやから、貞じいがおらんなった時は、さすがの俺もちょっと堪《こた》えたけどな」

「気になってたんですが……貞鷹さんと、その妖怪の女性の遺影は、ないんですか……？」

これだけ深い愛情を持っている相手を、紅鷹が無下にするはずがない。曾祖父母の写真はあるのに、どうして二人の写真はないのか。——これはきっと、神社で彼が言っていた

『己の力ではどうにもならない願い』の内容に触れている。

新は姿勢を正し、心臓をバクバクさせて紅鷹の反応を窺《うかが》う。

「遺影？」

紅鷹が目を瞬《しばたた》いて首を傾げてから、合点《がてん》がいったようにパチンと指を鳴らした。

「ああ、それな！　そうやった。そら気になるわな！」

（軽い……）

聞いてはいけないのかとかなり慎重に聞いたのに……と思ったが、これが彼の性格だ。わかってきた。紅鷹はう－んと唸《うな》って、頭を掻《か》いてから言った。

「いやな、明確に死んでるっちゅうわけやないねん」

「え!?　す、すみません！　僕、勝手に勘違いしてたみたいで……！」

「まあ俺の言い方ならそう思うわな。その妖怪——琴瀬《ことせ》さんは、ここら辺の土地神様でもあった。そんで、貞じいが最後の信仰者も同然やった。貞じいが死ねば消える。たぶん……あの女《ひと》は、それでよかったんや」

あの女《ひと》、という単語が、耳に優しく聞こえた。

「それをあのクソジジイがやな！」

紅鷹が突然怒鳴り、バアンと勢いよく畳を叩いた。新は慌ててコンを見たが、何事もなかったかのようにすやすや眠っている。

「一年前、死ぬ間際になってもまだ一緒におりたかったんか知らんけど、琴瀬さんと一緒に消えよってん！　突然！　何やねんそれ！　人間やったら真面目に死んどかんかい！」

（ど、どういう反応したらいいんだこれ……!?）

まだ悲しげなことを言われた方が反応できた気がする。怒鳴り散らしていた紅鷹は、チッと舌打ちしてから、仕切り直すように膝を叩《たた》いた。

「そういうわけで、今も行方不明扱いで、遺影を飾るに飾れへんねん。いやもうほんま面倒臭かったわ。通報せんわけにもいかんから、警察に色々調べられてな」

「貞鷹さんは、紅鷹さんに何も言わずに……？」

「いや。消える直前に、俺にだけ電話があった」

——もうこの世界にわしはおらん。人でもなくなる。お前はもう大人や。好きなように生きていけ。

「……元々そない喋《しゃべ》るジジイでもなかったし、そこが俺は好きやったんやけどな。この時ばかりはもっと説明せえと思たわ。いや……説明、っちゅうか、なあ……」

珍しく、彼の歯切れが悪い。少し考えこむように眉を寄せる紅鷹の次の言葉を、新は待っていた。何となくだが、彼は誰かに、この話を聞いて欲しいのではないかと感じた。

「……二人から、相談すらなかったことが、たぶん、俺はショックやねんな」

いつもは明確に前を見据える紅鷹の目が、複雑な色をして揺れていた。それを隠すように、紅鷹は一度ゆっくり瞼《まぶた》を閉じてから、目を開けて自分の顔を指さした。

「俺のこの顔なぁ、妖怪共の中には、美味《うま》そうに見える奴がおるらしいわ。子どものときからそれで狙われたりしてな。小さい頃は、琴瀬さんの力で守ってもろてたらしいわ。ある程度抵抗できるようになったら、そういう妖怪への対処を、貞じいに教えてもろてたんや。清酒ぶっかけるのもその一つやな」

リコと新を追いかけてきたあの黒髪の妖怪を追い払った際の対処法だ。妙に慣れていると思ったら、そういうことだったのか。そこで新はふとあることを思い出す。

「そういえば、あの黒い髪のおばけは、どこから入ってきたか、わかりました?」

「ああ、蔵の裏あたりに、ちっさい結界の綻《ほころ》びがあったらしくてな、その隙間から入ってきよったらしいわ。狙いが何やったんかはようわからんけど」

紅鷹が追い払ったので、真相はわからないが、もう来ることがないことを新は願う。

「あー、ほんで、狙われるのとはまた別でな、ただ俺と仲良うしたい奴もおったんやけど、子どもの頃はそれがわからんかったから、とにかくケンカ売ったり追い払ったりしとった。……今思うと、俺も怖かったんやろな。当時は絶対負けへんて思てたけど」

怖かったから、勝つことで気丈に振る舞い、闇雲に拒絶したのだろう。

「そんなことしとったら、俺も疲れるし、恨まれるわな。見かねた貞じいに言われたんや」

『人も妖怪も、それぞれ思うことがある。それを知れば怖いことなんかあらへん。目の前の存在をよう視て、《人間》《妖怪》やのうて、その《名前》を呼んで見極めろ』

貞鷹の言葉を思い出しながらなぞり、紅鷹は笑ってコンの頭に手を置いた。

「……そう言われてたのに、こうやってこいつら預かるようになって、子どもも同じやって思たわ。俺は子どもを通り一遍の《子ども》としか思てへんかった。せやけど、こいつら何一つ似てへんやんけ。ちゃんと名前を呼んで、一人一人見なあかんて思た」

「あ、それ……僕も、中学校の職業体験で、保育園に行ったときに感じました」

それが保育士を目指すきっかけになった。身体は小さくても、毎日色んなことを吸収して、それぞれ違うことを考えて成長していく。その命の輝きが力強く、眩《まぶ》しく見えた。

「何や、お前が中学生で思てたことを俺は大人になってわかったんか。俺もまだまだやな」

楽しげに笑い、紅鷹はコンの髪をくしゃりと撫《な》でる。コンは心地よさそうに、少し笑って、すやすやと寝息を立てる。

「ま、そんなわけでやな、今の俺があるのは、確実に貞じいのおかげなんや」

明るくそう言ってから、紅鷹は少し目を伏せる。その目に、また翳《かげ》りと揺らぎが生じ、笑みが消える。

「……これからやった。貞じいの相談にも乗れるんちゃうかって、どっかで思とったんや」

その期待と恩を返す機会は、一度も訪れることなく、恩人である貞鷹は消えてしまった。

紅鷹には手の届かない、人知を超えた形で。

「言い出したら聞かん人やったし、相談するまでもなく決めとったんかもしれんけどな！　俺もそういうとこ似てもうたさかい、ようわかるけど」

小さく笑い、紅鷹は口を開いた。

「ま、幸せやったらええけどな」

その言葉に、新はひどく違和感を覚えた。紅鷹の言葉にはいつだって感情が、心がこもっている。だからこの人の言葉は、新や子ども達にも届くのだろう。だが――

「……すみません。紅鷹さん。こんなこと言ったら、失礼かもしれませんけど……」

今の彼が言ったその言葉だけは、初めて空虚に聞こえた。

「今の紅鷹さんは……そう思ってるようには、見えません」

この人は、他人の幸せを肯定し、願える人だと、この数日でわかった。人も妖怪も分け隔てなく、ただ自分の好きな存在を守り、愛せる人だとわかった。

だからこそ「幸せだったらいい」――その言葉に心がこもっていないことに、新は勝手にショックを受けていた。だが、そこに理由があることも、新はこの数日でわかっていた。

紅鷹から、笑みが消えている。

「……正解や。それだけを願えるほど、俺もまだ人間ができてへんねん」

無表情で、紅鷹は新を見る。それが少し怖かった。ただ、彼はどういう表情をすればいいのか判断が付きかねている気がした。

「本音を言うとな、琴瀬さんに、貞じいをつれていかれたような、恨むような気持ちもあるし、貞じいに裏切られたような気持ちもある」

腕につけている数珠の珠《たま》を、紅鷹は指先でくるくると弄《いじ》っていた。

「住職っちゅう仕事やからな、死んだ人間も、別れもようけ見てきた。けどな、貞じいにはそれがないんや。遺体もない。別れの儀式もない。もうおらんとわかってても……まだ生きとるかもしれへんて、どっかで思てるんや。諦めなんか、踏ん切りなんか、つかへん」

珍しく、彼は自嘲《じちょう》の笑みを浮かべた。

「俺にもっと力があったら、引き止められたんちゃうかって、ずっと無駄なことばっかり考えとるんや。……ほんまに、俺もまだまだやわ」

「紅鷹さんがこの保育所を、このお寺を存続させなきゃいけない理由は、もしかして……」

紅鷹は大きく、長いため息を吐いた。その心に溜《た》まっている何かを、少しでも吐き出すように。そうして紅鷹はどこか重そうに、口を開く。

「……頭では、理解しとる。せやけど、心が納得してへん。もしかしたら戻ってくるかもしれん、何か手がかりが摑《つか》めるかもしれん。コン達の親にもな、何や手がかりがないか、探ってもろてる。……俺も頑固やから、自分が納得するまで、ここを守っていきたいんや」

――いつか、もしかしたら、大切な人が帰ってくる時のために。

――心が納得できるよう、整理するために。

「……続けていきましょう。僕も、そのお手伝いがしたいです」

新の言葉に、紅鷹が軽く目を見開いてこちらをじっと見つめてきた。その目から視線を逸《そ》らさず、新は思うことを口にする。

「僕も、子ども達やこの場所が好きです。だけど今まで僕は、ここにいることは……どこか逃げ、のような気がしていました」

原因不明だった怪力のせいで、人間社会では普通には生きられない。だから人と妖怪《ようかい》の狭間《はざま》にいるしかないのだと、心のどこかで思っていた。

「でも、今は違います。僕はちゃんと、僕の意志でここにいるんだって、わかりました」

人間とか、妖怪とか、そんなものは関係ない。神社でも願った。新は今、あの『願い』を『決意』として、声に出す。

「僕は、大好きな人達がいるここにいたい」

「……ほんなら、俺もいよいよ覚悟決めなあかんなぁ」

「え？　決めてなかったんですか？」

新にとっては驚きと純粋な疑問だったのだが、彼には煽《あお》っているように聞こえたらしく、その白い額に青筋が浮かんだ。

「ほんまに言うようになったなお前！　俺かてまだ二十八やぞ⁉　この寺も続けてええのか、迷うやろ普通！　こんっな何もないド田舎で、人間は俺一人！　どないやねんそれ⁉」

「紅鷹さん、普通の感覚あったんですね……」

「あるわぁっ！　お前俺のこと、ほぼ妖怪やと思てるやろ⁉」

「……あー」

「あー、ちゃうわ！　その顔はマジで思とったな⁉」

思わず納得の声を発してしまった。彼の強引さや思い切りの良さ、そして意志の強さは、新には眩しく、手が届かないような気さえしていたのだ。しかし今、彼の中にも迷いや不安があるのだと知り、やっと彼が近づいてくれたような、そんな感覚があった。

「お前がそこまで言うんやったら、俺も死ぬ気でここ守ってってたるわ！　今決めた！」

そう言って新の眼前にビシリと指を突きつけた。

「お前も道連れやぞ、新！」

「み、道連れ……!?」

新が戸惑いの表情と声で言うと、紅鷹は面白そうに、いつものいたずらっぽいニヤッとした笑みを浮かべた。しかしすぐに、その笑みは柔らかいものになった。

「最初は気弱な奴かと思たけど、変なとこ頑固やし、変に根性あるし……そういうとこに、俺もちょっと救われたとこ、あるわ。まあ何や……ありがとうな」

後半の言葉は彼にしては珍しく、声が小さく、視線も逸れていた。紅鷹は不意に新に視線を戻すと、噴き出して、コンにするように新の髪をぐしゃぐしゃと搔《か》き回した。

「お前が照れんな。俺が恥ずかしなるやろアホ！」

「……紅鷹さんが、恥ずかしいこと言うからですよ」

自信をなくしていた新を認めてくれる紅鷹の言葉に、顔が熱くなった。照れや恥ずかしさだけではなく――涙を堪《こら》えるのに、必死だったからだ。


「あー……しんっっっど……」

本堂の階段に座りこんでぐったりする紅鷹に、新は苦笑を向けた。今日は朝から子ども達と遊んでいたが、とうとう彼の体力が尽きかけてきたらしい。

「まだ午前中ですよ?」

「お前と一緒にすな。俺は普通の人間や言うてるやろ。あいつらの相手は疲れるんや」

今日は珠紀がいない。『新くんもいるんだし、明日《あした》はあんたもいるんだから休ませろ! 家で寝たいだけだから! 何かあったら呼んでいい——いややっぱ呼ぶな!』という紅鷹への嘆願《おどし》により、彼女は休みを取っていた。

本堂の階段にごろりと横になった紅鷹の元に、やはり子ども達は集まってくる。

「くれたか、きょう、たのしそうね」

風香がそう言って、コンもニコニコしてうなずいた。

「うん、くれたか、ごきげん! らいぶのちけっと、あたった?」

「いやそれはまだ結果待ちや。ハッ! せや、新! 俺ライブの日だけは絶対に行くからな! 葬式ができたりせん限り! 俺は絶対ライブに行くからなっ!?」

「あ、は、はい……」

今までぐったりしていたのに、急に起き上がって元気になった。今までで一番熱い目をした紅鷹に気圧《けお》される。もっとそういう目をするべき場面は他にあった気がする。

「じゃあ、なにがあったの?」

リコが不思議そうに首を傾げ、紅鷹を見上げる。

「そんなに俺、顔に出とるんか？　何や恥ずいな」

「ううん。くれたかは、ちょっとだけ」

リコは紅鷹から、新に視線を移した。

「あらたも、うれしそうだから」

「え、僕⁉」

確かにニコニコはしていただろうが、それは子ども達の前ではいつものことだ。しかし子ども達はそれをいつもと違うものだと感じたようだ。鋭い。

コンは首を傾げて、唇に人差し指をあてる。

「あらたとくれたか、ふたりで、ないちょちてるの？」

「あはは、内緒じゃないよ」

「お前ら全員背負ったるっちゅう話や」

紅鷹が笑みと共に言った言葉に、子ども達は顔を見合わせて首を傾げた。

「おんぶ？　コンもちて！」

コンが紅鷹に両手を伸ばすと、途端に他の子達もおんぶをねだり、肩に上っていく。

「っだー！　勝手に登るな！　わかったわかった、一人ずつや一人ずつ！」

紅鷹の背中にくっつく子ども達を引き剝《は》がし、順番にリクエストに応《こた》えていく。全員をおんぶ抱っこをし終わった頃には、紅鷹の息は上がり、また階段に倒れていた。

「あ！　どどせんせーだ！」

「こんにちは」

薬医門の木戸をくぐって子ども達の頭を撫《な》でながら、百々は新と紅鷹の元へやってきた。

起き上がりもせずに、紅鷹は彼を見上げる。

「何や、お前も今日は休みやろ。わざわざ働きにきたんか？　助かるわ。帰さへんからな」

「流れるように巻き込むのやめましょうよ……」

「いいんだよ。珠紀さんが休みだと聞いて、私も何か手伝えるかと思って来たんだ」

「お休みなのに、すみません。ありがとうございます」

ただでさえ医者という大変な仕事なのに、いいのだろうか。新はそう思ったが、すでに紅鷹は百々を帰す気はなさそうだ。

「楽しそうな声が川の向こうまで聞こえていたよ。何をしてたのかな？」

百々がしゃがみこんで子ども達に尋ねると、コンがニコニコして答えた。

「あのねえ、くれたかがね、みんなおんぶちてくれたんだよ！　くれたか、もっかい！」

「嫌や－……」

紅鷹のやる気のない声などお構いなしで、子ども達は彼に寄りかかっていく。

その様子を見ながら、百々は立ち上がり、新を見つめてきた。

「何かあったのかい？　少し様子が……良《い》い意味で、違うようだが」

「紅鷹さん、ここを続けることを内心迷ってたみたいなんです」

「ああ、そうだね。確かに迷っていた。彼のおじいさん——貞鷹のことは聞いたのかな？」

新はうなずく。当然百々も知っているのだろう。紅鷹は百々のことを相談相手だと言っていたから、その迷いや悩みも打ち明けていたのだろう。

「紅鷹は人も妖怪も惹《ひ》きつけるが、彼自身が他者に踏み込めないところがあった。人と妖怪、その狭間に幼い頃からいたせいだろうね。誰も、何も、拠《よ》り所《どころ》としないところがあった。……唯一の拠り所は、彼の元から去ってしまった」

貞鷹は妖怪が視える紅鷹と同じものを視て、理解し、受け入れてくれた人。しかし彼は、妖怪と共にいなくなってしまった。

「紅鷹は、誰のものでもなく、またどこをも居場所とはしなかった」

それでも彼はまた、妖怪の子ども達を、人の役に立てる神使になるよう、育てる手助けをしている。

（きっと僕が思う以上に、紅鷹さんは悩んだんだろうな…………いやどうかな）

何せ彼は、好きなものを好きだと、大声で言える人だから。

「でも、紅鷹さんは――」

「おいコルァ。俺抜きで俺の話すんのやめろや」

ここを守ると決めてくれた。そう言おうとした時、コンを背負った紅鷹の顔がぬっと二人の間に割り込んできた。

「び、びっくりした……すみません」

「まあ事実やし、別にええけどな」

「紅鷹」

百々が彼に向き直る。きっと百々も、紅鷹を心配していたのだろう。

「一度は裏切られたとも思っただろう。それでも、君はここを居場所とすると、決めたんだね？」

百々に尋ねられ、紅鷹は背負ったコンを背中越しにちらりと見て、その向こうにある本堂も見つめてから、百々に向き直って口を開く。

「我ながらうじうじしとったと思うけどな。せやけど、もう決めた。もう迷わへん」

「……そうか。やっと居場所を見つけたんだね、紅鷹」

穏やかな、嬉《うれ》しそうな声。そして彼は、ずっと閉ざしていた瞼《まぶた》を、ゆっくりと開いた。

「百々先生？」

「おい百々、何や急に」

「どどせんせーのおめだー！」

紅鷹に背負われたコンの声に、他の子ども達も、彼を見上げる。

その場にいる全員の前で、百々の瞼が開いた。

まるで、新雪の中に落ちている南天の実のような、紅《あか》。

百々は紅鷹に手を向けた。伸ばされた手の平から腕。首や頬、見える部分の肌がぱくりと裂けて、開く。そこには無数の赤い瞳《ひとみ》があった。

そのすべてが、一斉に紅鷹を凝視し、そして彼は、いつも通り穏やかに言った。

「これでやっと、君を奪える」

第五章　きみはだれのもの

「百々《どど》……先生……？」

百々の腕にある目、そのすべてが紅鷹《くれたか》に向けられている。本来あるべきところの両目だけが新《あらた》を見て、彼は穏やかに微笑んだ。無数の目がなければ、いつもと同じ笑顔に見えた。

「感謝するよ、新くん。紅鷹がここを拠り所とすると決断したのは、君の存在が大きいのだろう。やはり、人間を連れてくるよう言ったのは正解だった」

優しい話し方だけは、まったく変わらない。だが、新の肌にはずっと鳥肌が立っている。

彼の無数の目が恐ろしいだけか、それとも……。

「どどせんせー……？」

コンが新にしがみついてきた。他の子達も、戸惑ったような顔で百々を見上げているが、その目の奥には、怯《おび》えがあった。

紅鷹はぐっと新の肩を持って後ろに下がらせる。痛いほど強く摑《つか》まれ、新の身体が動いた。コン達を集め、五人を背にして距離を取る。

――子ども達を連れて逃げろ。

紅鷹はそう言っている。新もその考えは理解できる。しかし目的が紅鷹なら、新が逃げたら、彼はどうなるのか。

紅鷹は真っ直ぐに百々を見つめていた。

「どういうことや。俺を奪う？　何やお前、俺のこと好きやったんか？　公開告白か？」

（ド直球……！）

彼の茶化すような口調には、冗談であってほしいという希望もあったのだろう。だが、百々は穏やかに笑って、一度両目を閉じた。そうすると、いつもの彼のようにも見えたが、肌に浮かんだ無数の目は消えていない。

「それは君達の言う、愛情という意味かな？　だとすると、違うね。私は美しいモノをこの目で眺めるのが趣味であり、私という妖怪《ようかい》の性質なんだよ」

彼が両袖を捲《まく》ってみせると、無数の赤い瞳がぎょろりと紅鷹を追う。その異様な光景に、さすがの紅鷹も眉を顰《ひそ》めた。

「……俺ぐらいの奴、そう珍しいこともないやろ。お前もっと目肥やしたほうがええぞ」

「私は君より数百年は長く生きているんだ。当然、美しいモノも美しい人間もたくさん見て来たよ。だが、混じり気なしの人間で、妖気《ようき》を感じるほど美しい人間を、私は君以外に見たことがない。何より君は、人も妖怪も、誰も彼もを惹き付ける」

彼はそっと紅鷹に手を伸ばす。

「紅鷹。君をずっと、私のコレクションに加えたかった」

この人は、本気だ。

――何かを求める気持ちは、誰に止められるものでもないんだ。

百々は風香《ふうか》と新にそう話していた。あれは、自分のことでもあったのだ。

彼は言葉通りに、この場所から、新やコン達から、紅鷹を奪おうとしている。

「新！　何いつまでもボケッとしとんねん！　さっさとそいつら連れて逃げろ！　お前はこいつらを守るためにおるんやろ！」

『やだ！』

新が何か言う前に、子ども達の大声が重なり、風香が新の足をぎゅっと掴んだ。

「あたしのだいすきなくれたか、つれてっちゃいや！」

「くれたかも、あらたも、まもる！　コン、やくそくしたもん！」

紅鷹が珍しく弱り切った顔で子ども達を見下ろす。

「お前らなぁ……そんなん言うてる場合やないねん……！」

子ども達の様子を見て、百々はいつものように笑って紅鷹を見つめる。

「君は愛されているね、紅鷹。そしてその愛情に報いると、心を決めた」

「そうや。俺はここを守ると決めた。それはお前や珠紀《たまき》の支えもあったからや。だからこそわからん。何で今さら、それを壊すようなことを言い出すんや。お前かて苦労したやろ」

百々はずっと紅鷹のそばで彼を支え続けてきた。この寺が、保育所が存続できるように努力する紅鷹を、ずっと見てきたはずなのに。

彼は変わらず、穏やかに答える。

「これが私の――『百々目鬼《どどめき》』という妖怪の性質なんだよ」

「百々目鬼……？」

新が首を傾げると、紅鷹が彼を睨《にら》んだまま、面白くなさそうな笑い声を零《こぼ》す。

「……なるほどな。百々目鬼は他人の金を盗む人間がなった妖怪やもんな。金があるなら渡したるけどな、この寺にも俺にも金はないぞ！　言うてて悲しなること言わすな！」

百々は――百々目鬼は、少し呆《あき》れたように笑った。

「当然金などが目的ではない。これは私の性質の問題なんだ」

「性質……？」

新の鬼の血や、コンの狐火のことを相談した時、百々は「それは変えられないものだ」と、言っていた。

「君は誰のものにもならず、どこにも居場所という居場所を定めていなかった。まるでいつでも、そこを去れるようにね。誰の所有物でもない君を、私は『盗《と》る・奪う』ことができなかった。ただそれだけの話だ」

紅鷹の横顔にも、さすがに戸惑いが浮かんだ。

「何やそれ。俺が、誰かのもんになるのを、待ってたってことか？」

「そのために、紅鷹さんの傍にいて、相談に乗ったりしてたんですか……？」

まだ完全には理解が追いつかないまま、新もそう口にする。百々目鬼はその言葉を褒めるように優しくうなずいた。

「ここを存続するよう手を尽くしたのも、人間を雇うよう言ったのも、低級妖怪にここを襲わせ、助けさせたのも、すべては紅鷹を何かに、誰かに所有させるための下準備だ」

「あの黒い髪の妖怪は、百々先生が、呼び込んだんですか……？」

信じられない。今からでも嘘だと言ってほしかったが、彼は表情を変えない。

「危ない目に遭い、それを乗り越えれば、君達の絆《きずな》はより強固なものになるだろう？」

その言葉は、いっそ楽しげでさえあった。

「私には『盗る・奪う』という行為が重要でね。君達が、それを叶《かな》えてくれた」

百々目鬼は、目を細めて微笑み、子ども達を見る。紅鷹が咄嗟《とっさ》に彼らを後ろに下がらせたが、百々目鬼は何もしなかった。今度は新が子ども達を抱き締めるのを見つめている。

そして彼は、新と子ども達をそっと手で指し示した。

「紅鷹は君達のものであり、ここに根付いた。だからこそ、『今』なんだ」

新や子ども達から、紅鷹を奪う。それこそが、百々目鬼の望んでいたこと。彼の口元から、笑い声が零れる。

「回りくどい作業だが、これがなかなか楽しいんだ。丹精込めて育てた花を、手折る瞬間のようでね」

ゾッと悪寒が走ると同時に、怒りが湧く。

「紅鷹さんの力になっていたのは、善意や、好意からじゃないって、ことですか？」

『百々』を信じて頼っていた紅鷹を、ずっと騙《だま》していたのか。そんな風には思いたくなかった。だが、百々目鬼という妖怪は、新の言葉に躊躇《ためらい》もせずに答えた。

「生憎《あいにく》、私はそういった感情を持ち合わせていない」

彼は自分の目的のために動いていただけだった。だから彼は正体を見せても、変わらず穏やかに笑っているのだ。

「どどせんせー、くれたか、つれてっちゃうの？」

コンが不安そうに声を上げる。その問いかけにも、いつもと同じように答える。

「ああ、そうだよ。君達とは永遠にお別れだ」

「や、やだぁ……！」

風香が泣き出して、再び紅鷹に手を伸ばしたが、新がそれを必死に止める。紅鷹も、来るなというように手で制止する。

「俺はここを守って行くと決めた。ここを離れる気はない」

百々目鬼を睨みつけてそう言ってから、紅鷹は口元だけに笑みを浮かべた。

「……て言うても、お前かてそれで引き下がる気はないんやろ。せやから、提案がある」

「言ってごらん」

面白そうに百々目鬼が答えると、紅鷹はスマホを取り出し、タイマーを設定した。

「鬼ごっこや。当然、お前が鬼でな。三十分間、俺が逃げ切ったら、諦めろ」

「捕まえれば、大人しく私のコレクションになるということでいいのかな？」

「俺が逃げ切ったら、俺の言う通りにせえよ」

百々目鬼は優しく微笑んだままうなずいた。そして服の袖を捲ると、大小無数の目が瞼《まぶた》を開き、紅鷹を見つめていた。それを端から見ている新でさえも、ゾッとした。

「どこまで逃げ隠れても、私には『視える』。まあ、逃げる間は、目を閉じていようか」

両目が閉じ、無数の瞼も閉じて肌と同化した。いつもの優しい『百々先生』の姿だった。

「逃げる時間は、十分あげよう。──では、始めようか。いーち、にーい、さーん……」

彼は唇を動かし、ゆっくりと数字を紡いでいく。子どもと遊んでいる時と同じ声。きっと彼にとっては、児戯に等しいことなのだろう。

紅鷹が新を振り返ってきた。

「新！　こいつら連れて、逃げるぞ！　こっちや！」

「はい！　みんな、走って！」

新は子ども達の背中を叩《たた》き、先を行く紅鷹を追いかけるように言う。最後尾を走りながら、一度だけ背後を振り返った。

百々目鬼は目を閉じ、まだ追ってこない。

紅鷹は一度蔵に入り、この間妖怪を追い払った清酒入りの水鉄砲を二丁持って来て、一丁を自分のベルトに、もう一丁を新のポケットにねじ込んだ。

「こんなもんがあいつに効くかはわからんが、一応な。行くで、走れ」

「紅鷹さん、車で逃げれば……」

「車を攻撃されたらしまいや。それはまずい。とにかく今はできるだけ遠くに逃げる。あいつが何を持っとるかはわからんが、あいつ自身は戦闘能力が高い妖怪ではないはずや。

とにかく距離をとって……適当なとこで、俺だけ別に逃げる」

「そんなの……！」

認められない。だが、子ども達を守るには、そうするしかないのだろうか。新が一瞬迷った、その瞬間。

『だめー！』

五人が足元で声を揃えた。その顔は紅鷹をキッと睨んでいる。

「くれたか、どっかいっちゃだめ！」

五人に後押しされて、新もはっきりと紅鷹に怒鳴った。

「そうです！　そんな案、却下です！」

「アホか！　あいつの狙いは俺や！　預かっとるこいつらを巻き込めへんやろ！」

確かにそうだ。この子達は大事な預かっている子ども達。そして新と紅鷹にとっても大切で可愛い子達だ。だから。

「もしも紅鷹さんが一人で逃げたとして、この子達を人質に取られたら、紅鷹さんは簡単に捕まるんじゃないですか？」

新の言葉にぐっと息を詰め、紅鷹は視線を外して手で顔を覆う。

「……そやな。確かに、そうやわ。お前ら人質に取られたらイチコロな気ぃするわ俺」

自分に呆れきった言葉だったが、新はそんな彼の言葉に、安堵《あんど》していた。

「それに、コンたち、くれたかまもるってゆった！　やくそくした！」

五人は顔を見合わせ、うなずいてから、紅鷹を見上げて声を揃える。

『だってくれたか、いちばんよわいもん！』

「やっかましい！　弱ないわ！　妖怪《ようかい》と人間じゃ体力筋力その他諸々《もろもろ》違うんじゃやアホ！」

そのやりとりで、新は思いついたことがあった。しかし冷静な新が、それにストップをかける。──そんなこと、保育者として言っていいのか。

だが、事は一刻を争う。

「新。何か考えあるんやったら、さっさと言え」

その言葉に後押しされ、新は迷いを吹っ切って、思いついたことを口にした。もしもこの考えがダメなら、新が今そうしたように、紅鷹がダメだと言ってくれるはずだ。

「この子達は、ただの子どもじゃありません。神使を目指す子達です。この子達の力を、信じて、協力してもらうのも……この子達のためじゃないでしょうか」

紅鷹の色素の薄い瞳《ひとみ》が、真っ直ぐ、真剣に新を見つめ返す。

「そういうことを、自信なげに言うなや」

「うっ……す、すみません。でも……」

こんな小さな子達を、危険な目に遭わせるかもしれない。人知を超えた力を持っているとはいえ、それは保育者としていけないんじゃないか。どうしたってそう思ってしまう。

(でも、このまま逃げるだけじゃ、捕まってしまう。紅鷹さんがいなくなったら、この子達だって悲しむ。それはここで戦うよりも、きっともっと深い傷を残してしまう)

だから紅鷹の言葉が欲しかった。馬鹿なことを言うなと叱り飛ばすか、あるいは——

紅鷹は一度空を仰いでから、胸一杯に息を吸った。

「……よっしゃ！　決めた！」

大声で言って、紅鷹は子ども達の前にしゃがみ込む。まずは三姉弟《きょうだい》の肩を順番に叩いた。

「風香、一颯《いぶき》、凪沙《なぎさ》！　お前らは珠紀に知らせに行け！　お前らなら風に乗って、一番早《はよ》う珠紀の所までいけるはずや。あいつは腐っても百々と同じぐらい生きとる化け猫や。対抗出来るだけの力は持っとる……はずや。すぐに呼んでこい！」

「「「わかった！」」」

紅鷹の言葉に、三人は大きくうなずき、ぴょんとその場で飛んだ。吹いてきた風に乗るように、三人はあっと言う間に頭上高く浮かんでいく。

次に紅鷹は、コンとリコを見つめた。

「コンは俺、リコは新に化けろ。それで百々を誤魔化して、俺らとは別の方向……北の神社の境内まで二人で走って、俺らが行くまでじっとしとるんや。できるな？」

「「できる！」」

二人は意気込んでうなずくと、目を閉じた。集中している。

同時にポンと音が鳴って、紅鷹の前には紅鷹が、新の前には新が立っていた。

（すごい、そっくりだ。コンくんも今日は耳もしっぽも出てない……！）

そう思った瞬間、コンが化けた紅鷹の顔が破顔し、彼が絶対にしないような無邪気な笑みを浮かべ、両腕を勢いよく上げた。

「しゅごい！　コン、くれたかできたー！　リコもじょうじゅだねえ！」

二十八歳の美青年が拙い言葉で飛び跳ねる。その姿に新は、こんな状況なのにどう反応していいかわからず、固まってしまった。

一方新の姿をしたリコは、口元を隠して笑う。

「んふふ。あらたになっちゃった。へんなの」

いつもなら蕩《とろ》けた笑顔が可愛いところだが、自分が絶対にしないような笑みを浮かべられて、思考まで止まる。そんな場合ではないと気付いたのは、鳥肌を立てた紅鷹の、

「きっっっしょくわるぅ……！」

という声が聞こえたからだった。慌てて彼の口を塞《ふさ》ぐ。

「紅鷹さん！　シーッ！　シーッ！」

気持ちはわかるが、二人のやる気を今削《そ》げば、変化《へんげ》に支障が出るかもしれない。

「じゃ、じゃあ、コンくん、リコちゃん、急いで神社に向かって！」

コンは元気よく手を挙げて「あい！」と応《こた》え、リコは「行こ」とコンの手を引いて走り出した。端から見れば成人男性二人が手を繋《つな》いでいる図になっている。変な汗を出しながら二人を見送っていた新の隣で、紅鷹が突然噴き出した。

「新が、う、内股《うちまた》……ぶふっ！」

言われて気付き、新は自分のことではないのに顔を真っ赤にした。明日《あした》からは、演技の訓練をカリキュラムに取り込もうと心に決めた。

（明日、から……）

みんなで明日を迎えるためにも、百々目鬼から逃げ切らなければならない。

新ははたと気付く。百々目鬼はすべてをあの目で見通しているはずだ。

「でも、これで百々先生……あの人の目を誤魔化すことはできませんよね」

「当然、無理やろな。せやけど、あいつら連れて逃げるにも限界や。珠紀が来るまで逃げてくれたらええし、俺らも逃げるしかない」

子ども達から離れてしまって、本当に良かったのか。

「……これで、よかったんでしょうか――痛ぁっ！」

強く背中を叩かれた。痛くはないが、その衝撃に思わず咳《せ》き込む。

「お前が言うたんやろが！　自分の言うたことには自信持たんかい！」

怒ったような口調だが、見ればその横顔は笑っている。

「こうなったからには、責任は俺が三分の二は持ったる！　俺がおらんなったら、お前ら悲しむやろ！　絶対逃げ切ったるわ！」

威勢良くそう吠《ほ》えた紅鷹だったが、これからどうすればいいか、考えがあるのだろうか。

「でも、紅鷹さん、もう十分経ってしまいますし……」

新は気ばかりが焦ってしまい、何も浮かばない。とにかく逃げた方がいいかと思ったが、紅鷹は動く様子がない。

「百々目鬼は戦うような妖怪ちゃうて言うたやろ」

そう言って、紅鷹は新を見る。新も、彼が何を言いたいのかはわかった。

新は鬼のような怪力を出せる。百々目鬼に対抗するなら、それしかない。

「僕だって、みんなを、紅鷹さんを守れるなら、あの怪力を使いたいですけど……使えるタイミングも、それが出せた時の制御もできるかわかりません……」

妖怪相手に――人間相手にもだが――どうすれば戦えるのかもわからない。子ども達以上に、力を使うことに対しては未熟だった。

今ここで咄嗟《とっさ》に戦えと言われても、怪力を発揮できるかはわからない。

「……俺は、お前の鬼の力を引き出す方法がわかったかもしれん」

「え……本当ですか⁉」

「たぶん、お前は何かを守るためやったら、あの怪力が出せるんやと思う。せやけど咄嗟やないとまだ無理や。ただ……もしかしたらっちゅう考えが、一つある。けどな、その方法は、お前に痛い思いをさせると思う」

そう言った紅鷹は、無意識にか、新から視線を逸《そ》らしていた。心を痛めているように見えて、そんな必要はないと、新は声をあげる。

「僕が少し痛い思いをするぐらいで、みんなが守れるなら、構いません！　考えがあるんなら、やってください！」

「……すまん」

真摯《しんし》な謝罪に心底驚いてから、新は紅鷹に笑いかけた。

「謝るなんて、紅鷹さんらしくないですよ」

「おうどういう意味やコラ」

そう言いながらも紅鷹は口元に笑みを浮かべて、新を見た。

その時。

「やはり君の目は確かだったね、紅鷹。新くんは君を信用し、君もまた、新くんを信頼している。実にいい関係だ」

その声は頭上から聞こえてきた。見上げると、そこには百々目鬼の姿があった。すでに全ての目が開いてこちらを見ていた。それを見て、紅鷹が声を上げる。

「はあああ!? 飛んでくるとか卑怯《ひきょう》ちゃうか!?」

百々目鬼は新と紅鷹の前方に、そっと降り立った。

「飛んではいけないというルールはなかっただろう？」

「もうちょっと鬼ごっこ楽しむ余裕があってもええんちゃうか？　ほんま面白ない男やな」

「私はもう充分楽しんだよ。あとは最後の一手だけだ」

紅鷹は百々目鬼に顔を向けたまま、横目で新をじっと見つめた。

「……新、覚悟はええか？」

「はい」

紅鷹が何を考えているのか、新には予想もつかない。けれど、彼は子ども達を傷つけないために、新との約束のために、この場所を守るために、自分を守ろうとしている。その役に立てるのなら。

新の目の前に、黒い銃口が現れた。

「……え?」

水鉄砲だ。それはわかっているが、どうしてそれが百々目鬼ではなく、新に向けられているのか。

バシャッ!

紅鷹は迷いなく引き金を引き、新の顔——いや、口に清酒を噴射していた。口に入ってきた大量の酒を、思わず飲み込んでしまう。

「ゲホッ、ゲホッ! ちょっ……僕、お酒は、ダメ……だ、って……!」

「お前はヤマタノオロチの血を引く、酒呑童子《しゅてんどうじ》の遠い親戚《しんせき》や。ヤマタノオロチも酒呑童子も、酒で身を滅ぼした。それやったら——」

紅鷹の声が、妙に遠くに、ぼんやり聞こえる。だが、彼の良く通る声は確かに聞こえた。

「酒はお前の弱点で、生命の危機や。これで鬼の力が覚醒《かくせい》するはずや!」

「そ、そんな、適当な……!」

天と地がひっくり返る。平衡感覚を失って、新は派手に背中から倒れた。衝撃はあったが、痛みはなかった。ただ、ぐらぐらと視界が揺れている。

酒を飲み込んだ胸の奥から、異様に熱い何かがこみ上げてくる。感じる『暑さ』は『熱さ』に代わり、痛みさえ伴って、新の身体の節々にまで広がっていった。

何かが額の皮膚を押し退けて、新の額を突き破る。痛みはない。ただただ熱い。手で額に触れると、そこに何か硬い物があった。剝《む》き出しの骨のような、二本の——

「つ、の……？」

ぼうっとする視界には、手の平が見える。異様に分厚くて鋭く爪が伸びていた。

「直感だけで鬼の血を覚醒させるとはね」

百々目鬼が感心した声を紅鷹に向けたが、ふと何かを察した笑みを浮かべた。

「……いや、直感だけではないようだね。本当に仲が良くなったようで何よりだ」

「やかましいわ、勝手に俺らの楽しい生活を覗《のぞ》き見んなや」

百々目鬼にはふざけた調子で返しつつ、紅鷹は新を見下ろし、小さく声を掛けた。

「新。大丈夫……なわけはないやろうが、何とかなりそうか？」

そうだ。酔っている場合じゃない。

——守らなければ。

その思いだけが、新の身体を動かす。そのために自分はここにいる。

ぐらつく頭を無理やり上げて、新は百々を——百々目鬼という妖怪《ようかい》を見据えた。

——敵を排除しなければ。

新の頭の中にそんな言葉が浮かぶ。平素の自分では考えられない言葉だったが、不思議とこの時は怖くなかった。

新が足を踏み出すと、目の前にすでに百々目鬼の姿があった。彼は微笑んだまま、すっと脇へ避《よ》けた。新の身体は勢いを殺すことなく、傍にあった木に激突して止まった。

「新！」

激突した痛みはない。しかし血液が煮えたぎっているようで、身体の内側が火傷《やけど》をしているように、痛くて苦しい。

「力が制御できていないね。幼い頃から慣れていたのならまだしも、急に覚醒したものだからね。鬼の血など、劇薬にも等しい」

――守らなければ。

倒れてなどいられない。新は痛みを堪《こら》えながら、立ち上がる。百々目鬼の向こう、紅鷹を見つめる。

彼がいなかったら、今の新はなかった。この鬼の血にわけもわからず怯《おび》えて、何も決断できないまま、ぼんやりと日々を過ごしていた。

「僕は……紅鷹さんを、守らなきゃ……」

彼は新の恩人だ。そんな人を奪わせるわけにはいかない。この人が大切にしているこの場所を、壊させるわけにはいかない。

　百々目鬼は新ではなく、紅鷹に目を向けた。

「紅鷹。新くんの鬼の力を覚醒させる方法は当たっていたよ。だが、実行したのは間違いだ。これ以上は新くんの身体が壊れるだけだよ。彼が苦しんでいるのはわかるだろう」

　紅鷹の顔が歪《ゆが》み、その手がぐっと握りしめられる。彼は百々目鬼の言葉には応えなかったが、新を振り向いた。

「もうええ、新。動くな」

「ダメ、です……！　何、ふざけてんですか、紅鷹さん。アホですか！　あなたがここにいなきゃ、意味ないんです！　だから、絶対に行っちゃダメです！」

　百々目鬼の足が紅鷹に向かう。紅鷹は彼を睨《にら》みつけて、動かなかった。

　動きたいのに、動けない。身体が言うことを聞いてくれない。

（何で。何でだよ。ここでこの力を使えなきゃ、何の意味もないじゃないか！）

　鋭い爪が自分の胸を引っ掻《か》くが、痛みなんてなかった。こんなに頑丈なのに、何の役にも立たないなんて。

「……助けてくれよ、お願いだから……！」

　自分の不甲斐《ふがい》なさに押し潰《つぶ》されてしまいそうで、小さく小さく呟《つぶや》いた声。

その声に、返事があった。

「うん！　あらたのこと、たしゅけるよ！」

「え……？」

拙いその言葉に顔を上げると、琥珀《こはく》色の瞳《ひとみ》を細めて、コンがにこっと新に笑いかけていた。三角の耳としっぽが、嬉《うれ》しそうに動いている。その傍にはリコも、風香も、一颯も、凪沙もいた。幻覚かと思ったが、紅鷹も声を上げた。

「お前ら、何でここに……！」

コンがくるりと紅鷹に向き直って、大きな声で答える。

「あらたが、たしゅけてって、いったから！」

「ヤクジョウにしたがって、たすけにきたの」

いつの間にか傍にいたリコの言葉に、紅鷹が眉を寄せる。

「約定……？　そんなもん、いつ――」

紅鷹の怪訝《けげん》そうな声に、新の傍にいた風香、一颯、凪沙も声を上げた。

「あたしたち、やくそくしたでしょ！」

「あらたがたすけてっていったから、おれたち、よびだされた！」

「よわいニンゲンをたすけるのが、ぼくたちのやくめ！」

五人の子ども達は、ほとんど同時に小指を立てて、声を揃えた。

『ゆびきりげんまん、した！』

それを聞いて、新もぼんやりした頭で思い出した。初めて彼らに会った日、「新は人間で、弱いから守ってあげる」と約束した。紅鷹が驚愕《きょうがく》の大声を上げる。

「あれ約定やったんか⁉　……あ！　それよりタマはどうした⁉　呼びに行けたんか⁉」

「タマちゃん、ねてたから、おこしてあげたの。でも、そこであらたとくれたかが、あたしたちをよんだのよ」

風香の言い方からすると、事情説明はできていないらしい。紅鷹ががくりと肩を落とす。

「いや、あいつはカンがええさかい、来るやろ……たぶん！」

そう言ってはいるが、珍しく彼の顔に自信はなかった。

その時、遠くから腹の底に響くような轟音《ごうおん》が近づいてくる。台風の時のような暴風がこちらに近づいてくるのがわかった。上空に風が渦を巻き、紅鷹の身体が浮いた。

「ちょっ、何やこれ⁉　風香！　一颯！　お前らか⁉　何しとんねんこれ⁉」

「「くれたか、まもってる！」」

浮いている紅鷹の真下では、風香と一颯が両手を掲げていた。

新はふと気付く。先ほどまで、指一本動かすことにさえ痛みが走っていたのに、今は自然と顔を上げられた。

（あれ……急に、楽になった？）

傍に気配を感じて見下ろすと、凪沙が新の手に触れていた。

「凪沙くん……？」

「あらた、しんどそうだったから、よしよしした」

まだ頭は熱でぼんやりしていたが、少しだけまともに状況を理解出来るようにはなった。

凪沙は三姉弟の中でも、治癒の力を持っていると聞いた。その力が今、新に作用し、何とか身体を自分の意思で動かせるようになったようだ。

「ま、待て！　お前らにここまでの力はないはずやぞ！　あったら危ない！　今まさに俺が危な――っだあああ！　頭を下にすな！　血が上る酔う！」

「あれぇ？」

うまく調整できないのか、風香と一颯が首を傾げる。その間も紅鷹は上空で、宇宙空間のようにくるくると回っている。

百々目鬼が紅鷹の方に手を伸ばしただけで、すぱりとその手が切れた。風香と一颯は紅鷹を守るのに必死で気付いていないが、鎌鼬《かまいたち》の風の力だろう。しかし彼は痛がる様子も動揺した様子もなく、納得したようにうなずいた。

「なるほど。君達も神使の端くれというわけだ。約定を交わした人間のために、一時的に持っている力が増しているようだね。だが、そう長くは持たないだろう。先に、新くんの鬼の力を鎮めてしまおうか」

そうなれば、紅鷹は百々目鬼について行かざるをえなくなる。

凪沙のお陰で立てるようにはなったが、彼から逃げられるかどうかはわからない。

百々目鬼がこちらに足を向けようとした。その時。

「だめ」

鈴の音のような可愛らしい声と共に、大きな白い鱗《うろこ》が新の目の前に現れた。一瞬ヘビかと思ったが、その身体を仰ぐと、鋭い爪のある足があり、頭にはツノ。白い龍だった。

百々目鬼を阻むように、その大きな身体が横たわっている。

「もしかして……リコ、ちゃん……？」

龍が身体を捻《ひね》って、前足の裏を見せる。そこにはピンク色のハートマークがあった。

ポポポ、と小さな音がして、白い鱗が無数の青い炎に照らされた。炎は新達を囲むように広がった。揺らめいていた青い炎は一気に大きく燃え上がり、炎の壁となった。

「この狐火は、コンくんの……？」

新の隣で、コンが両手を広げていた。

「これねえ、おかあしゃんとおとうしゃんがくれた、ニンゲンを、まもるちから！　やくそくちたから、コンたち、びゅーん！　って、とんできたの！」

「炎にも神性が強く宿っているね。小さくとも、君達も神使というわけだ」

そう言った百々目鬼の無数の目が大きく開き、この場にいる全員をぎょろりと見据える。

その無数の目を向けられて、子ども達もびくっと身体を震わせた。

風香と一颯の風に翻弄されながら、紅鷹が声を張り上げる。

「そいつがその気になったら、次の動きも見通せる！　お前らの力が切れるのも時間の問題や。今のうちに逃げろ！」

神使の力といえど、彼らが小さな身体で使うのは限界があるのだろう。凪沙の治癒の力はまだ新に効いているようだが、現に紅鷹を包む風はどんどん高度を落とし、コンの狐火も弱くなってきている。リコの変化《へんげ》が解けるのも時間の問題だ。

百々目鬼は音もなく、その場から飛び、紅鷹の前に躍り出た。その手が、その目が、紅鷹を捕らえようとしていた。

――守らなくては。

今なら、身体が少しは自由に動く。

「紅鷹さんっ！」

新が叫んだ瞬間、驚いた紅鷹の顔が目の前にあった。

「はっ？」

「えっ？」

まるで瞬間移動のように、新は一瞬で紅鷹の前に飛んでいた。百々目鬼の目も驚いている。やはり新は力が制御できていなかった。

自分の状況がよくわからないまま、新はとにかく紅鷹の身体をがしりと抱えた。そしてその勢いのまま、地面に落ちる。混乱して着地もうまくいかず、新は紅鷹を抱えたまま、その先にあった斜面をゴロゴロと転がって行く。

「ぎゃあああああっ！」

子ども達が二人を呼ぶ声が聞こえたが、転がっている二人はそれどころではない。

新の背中が大木にぶつかってようやく止まった。

「お、お前らなぁ……俺の扱い、雑すぎやろ……っ！」

「す、すみません……でも僕もコントロール効かなくて……」

「謝んな！　雑やけど助けてもろたのは俺や！　ありがとうなぁ！」

枯れ葉や土で汚れ、やけっぱちになりながら、よろよろと紅鷹が起き上がり、新の手を摑《つか》む。硬く鋭い爪を何とも思わず、彼は強い力で新を引っ張り起こした。新を起き上がらせた途端、逆に自分が地面に手を突いて蹲《うずくま》った。

「っ紅鷹さ――」

「おえっぷ……！　お、お前ら、みんなして俺の頭シェイクしよってからに……！」

風香と一颯に縦横無尽に回転させられ、新と一緒に転がったせいで、紅鷹は蒼《あお》い顔をしていた。吐きたくても吐けないという顔で手を口元に当てている。

「わ、悪気は……ないん、です……っ」

凪沙の治癒の効果も切れてきたのか、新の身体がまた強い熱を帯びてきた。

紅鷹は、新の紅《あか》い顔を見て笑った。

「せやけど、もうひとがんばりしてくれるか、新」

「……はい」

「くれたかー！　あらたー！」

一颯の元気な声が飛んできた。リコの変化も解け、五人は並んで斜面の上からこちらを窺《うかが》っている。

吐きそうになっている紅鷹の代わりに、今だけは新が声を張り上げる。

「みんなはそこにいて！　コンくん、もうちょっとがんばって、みんなをその炎で守って！　紅鷹さんは僕が守るから！」

こちらを見つめていたコンは新に頼られたことが嬉しいのか、パアッと明るい顔をして両手を上げる。

「あい！　コン、がんばる！」

少し勢いをなくしていた狐火が、再度ボッと燃え上がる。

落ちた葉をかさりと踏む音がすぐ傍で聞こえた。

「もう凪沙くんの治癒の効力は切れたんじゃないかな。身体中が悲鳴を上げているはずなのに、君の意志の強さには驚かされる」

騒がしい中で、百々目鬼の声は穏やかで静かだった。無数の目が、新と紅鷹を半分ずつ見つめている。

「さて、紅鷹。どうする？」

「ここまでされたら、死んでもお前のコレクションとやらにはなられへんやろ」

「新くんがこのまま死んでも、かい？」

「こいつも死なせへん」

新には紅鷹と百々目鬼の声よりも、自分の荒い息と鼓動の方が大きく聞こえていた。

こんな時なのに、頭がちゃんと回らない。

――守らなければ。

何かしなくては。何か言わなければ。それだけが頭を支配して、新は口を開く。

「紅鷹さんは……百々先生のことが、大好き、なん、です」

新の言葉に、紅鷹が驚愕《きょうがく》の顔で振り返ってくる。

「突然なーにをほざいとるんじゃこの酔っ払いは！」

「知っているよ」

「お前はお前で自信満々か！　腹立つわ何か知らんけど！」

「それがどうかしたのかな？」

紅鷹に好かれるように動いてきたから、それも当然だと言わんばかりだった。

頭が割れるように痛い。それでも何かせずにはいられなくて、顔を上げて、百々目鬼を見た。無数の目があるが、目の前にいるのは、確かに『百々』でもあったはずだ。

「あなた、だって……」

「百々先生だって……あの場所にいるべき一人だった。紅鷹さんが守ると決めたあの場所を、形作る、一人だった……」

みんなが百々を頼っていた。みんなが百々を大好きだった。医者としての彼を。優しい大人としての彼を。紅鷹のよい友人としての彼を。

「紅鷹さんが僕達の、あの場所の、所有物だっていうのなら……」

『百々先生』という存在も含めて、あの場所を紅鷹は守ると決めていた。だから。

「紅鷹さんは、もう、あなたのものでもある。あなたももう、紅鷹さんのものだ。……そんな人を、奪うって、言えるんですか……？」

何を言っているのか、自分でもしっかり把握できていない。だが、間違ったことは言っていない――そんな気がした。

紅鷹は、一度懐に入れた存在を、とことんまで信じ込む。だから彼は、みんなに好かれる。『百々先生』もその一人だったと、新は確かにそう言えた。

気付けば百々目鬼の見える範囲にあるすべての目が、新を見ていた。紅鷹を見ている目は一つもない。無数の視線を、新はすべて見つめ返す。

どうしてか、少しも怖くはなかった。敵意も悪意も感じなかった。

（この目は……）

無数の目は、驚いているように見えた。あるいは、新の言葉が真実かと、見極めるように見つめていた。

「――――」

百々目鬼が小さく、唇を動かす。

過敏になった新の聴覚は、ほとんど息でしかなかった彼の声を捉《とら》えていた。

──私が誰かの、所有物？

どれだけ長い間、睨《にら》み合っていたか、わからない。新は絶対に目を逸《そ》らさなかった。理由はわからないが、今あの無数の目から目を逸らしてはいけない気がした。

ピピピピピピ……。

山の中に似つかわしくない、甲高い電子音が辺りに響き渡った。紅鷹がスマホで設定しておいた三十分のタイマーだ。

百々目鬼は電子音を聞いても微動だにしなかったが、音が消えた頃、ゆっくりと両の瞼《まぶた》を閉じた。体中の目も、不規則に瞼を閉じ、すっと消えていく。すべての目を閉じると、彼は新と紅鷹に背を向けた。その先には子ども達がいる。コンの狐火ももうかなり弱まって、辺りを照らすほどの力もなくなっていた。

「子ども、達には……！」

「……神使の力と、ヤマタノオロチの子孫では、さすがに分が悪い。ここは退《ひ》くよ」

いつもの穏やかな声でそう呟《つぶや》いた後、彼の姿は消えた。

「……な、んで……？」

「────」

紅鷹は新の隣に立つと、一歩だけ足を踏み出し、何か言いたげに口を動かした。消えた背中を負うように。しかしその足を軸足に、くるりと新を振り返って、笑みを浮かべた。

「……ようあんなとんち、思いついたな」

「僕、何て、言ったんですっけ……？」

新の言葉に、紅鷹が声を上げて笑う。その声は少しわざとらしかったが、それでも彼の笑い声に安堵《あんど》した。

「百々もひっくるめて、ぜーんぶ俺のもんやてな。そんなん、もう奪うとかいう話ちゃうもんな。……おい、新？」

紅鷹が呼びかけてくるが、返事ができない。頭が熱でぼんやりしている。

——守らなきゃ。誰を？　何を？

——敵を、排除しなければ。誰を？　何を？……妖怪《ようかい》を？

「あらたー？　どうちたの？」

目の前の妖怪が、何か言っている。

——『コレ』を、排除すればいいのだろうか。わからない。でも、守らなければ。

鋭い爪を、『ソレ』に伸ばす。

「新」

パン！

小気味よい音が、過敏になった耳に大きく響いた。

下に向けた手の平に、誰かの手が触れた。下から新の手の平を叩《たた》き、ぎゅっと力強く握り締めてくる。心地よいぬくもりに、もつれた糸が解《ほぐ》れるように混乱が収まっていく。

握った手のそばで、紅鷹が綺麗《きれい》な顔をくしゃりと崩し、悪戯《いたずら》っぽく笑う。

「酔っ払いすぎや。ほんまにお前、酒弱いな」

「あ……っ」

ぼんやりしていた頭から、急激に熱が引いていく。視界の中に、コンの小さな顔があり、新をじっと見つめている。

「コン、くん……」

ごめん、という言葉が出そうになって、口を塞《ふさ》ぐ。そんな謝罪で済む話じゃない。

今、この鋭い爪を向けようとしたのは――

「あらた……」

コンの潤んだ目が、新に向けられていた。

(怖がらせた。どうしよう。僕は、この子を守るべき立場なのに)

――せんせい……こわい。

そう言った女の子の、怯《おび》えた目を思い出す。もしもまた、あんな目で、あの言葉を言われてしまったら——

コンは新をじっと見つめたまま、小さな口を大きく開き、辺りに大声を響かせた。

「かっこいいいいいいいいいいいいい！　しゅごい！　つめも！　つのも！　しゅっごい！」

新の周りをぐるぐると回り、もう一度新の顔を見て、両手を上げてピョンピョン跳ねる。

ぽかんとする新の前で、コンは紅鷹に飛びついた。

「コンも、つの、ほちい！　ほちいほちいほちいー！」

「無茶言いなや。どこの狐にツノなんかあるねん。無理や」

無茶なことを強請《ねだ》るコンと疲れ切った顔で流す紅鷹を呆然《ぼうぜん》と見つめていると、新の周りには他の四人も集まっていた。その目はコンと同じでキラキラと輝いている。

「つめ、かっけー！」

「かっこいい……かいじゅうみたい……！」

「あらたのつめ、ツンツンね！」

「ネイルしたら、かわいいとおもうの」

「み、みんな！　あぶないから、ダメだってば！」

近づいてくる子ども達を離し、叫んでから、へろへろと身体から力が抜ける。しかしさっきよりは少しだけ、頭はすっきりしている。

「おう、ちょっとは酔いが覚めたみたいやな」

紅鷹が覗《のぞ》き込んできて、少しばかり大袈裟《おおげさ》に、嘲《あざけ》るように笑った。

「あのなぁ、新。お前のうっっっすい妖怪の血ぃなんか、神使の子どもが怖がるわけないやろ。最初っから、お前なんかこいつらに見くびられとんねん。お前がちょっと角生やして、爪伸ばしたところで、別に怖ないしな。なあ、お前ら？」

『うん！』

即答だった。そして子ども達は、紅鷹を見上げて指差した。

『くれたかも、よわい！』

「やかましい！　俺はメンタルが最強やからええんや！」

子ども達に新を恐れている様子がないのは、新にもよくわかった。だが。

「でも、今、僕は……コンくんに……」

「コンがなぁに？」

自分の名前を呼ばれて、コンが新を覗き込んで首を傾げてくる。こんなに自分に懐いてくれている子を、傷つけていたかもしれないなんて。

恐ろしくなって、一瞬、目の前が暗くなった。

「……自分が、許せません。こんなの、先生失格です。ここにいちゃいけない」

こういうことがいつかあるかもしれないから、保育の現場から遠ざかっていたのに。ここが楽しくて、あたたかくて、忘れていた。決して忘れてはいけなかったのに。

自己嫌悪でどんどん目の前が暗くなる。そんな新の耳に、バシッと大きな音が聞こえ、同時に肩を叩かれた。

「新。言うたやろ。俺が責任の三分の二は持つて」

紅鷹の声が近くでして、新はゆっくり顔を上げる。彼もさすがに笑ってはいなかった。だが、その真剣な瞳《ひとみ》の奥には、彼の優しさが見える。

「お前に何も言わんと、酒飲ませたのは悪かった。これは俺の責任や。酒を飲ませたら、お前が鬼として覚醒《かくせい》するて、俺はわかっとった」

「……勘じゃ、なかったんですか？」

「ちゃうわ。俺は知っとったんや。お前がビビるやろと思て、言わんかったけどな」

ヤマタノオロチを祀《まつ》る神社に行った時にも、そんなことは言っていなかった。神社内に書いていたのか、調べているうちにわかったのだろうか。新はそう考えたが、紅鷹の目には確信めいたものがあった。しかしそのどちらも違った。

「お前がこないだビールで酔いつぶれた時にな、角が生えとったんや。朝には消えとったけどな。せやから俺は、お前の鬼の血が覚醒する確信があった」

紅鷹はそう言って、もう一度新の手に触れた。びくりと震えたのは新だった。紅鷹は鋭い爪に怯えることもなく、手を握り込んでくる。手を引こうとしても、強く握り締めて、離すことを許さなかった。

「……今みたいな危険も、俺は予測しとった。もちろん、止める気でおったけど、お前を傷つけたことは謝る」

紅鷹は新を見つめていた目を閉ざし、新に頭を下げた。そしてもう一度、しっかりと新の目を覗き込み、さらに握る手に力を込めてくる。

「せやけどな、新。お前は誰も、百々——百々目鬼さえも傷つけてへんのや。お前は守るべきもんをちゃんとわかっとる」

「いいえ……いいえ！　わかってなかった！　許されることじゃありません！」

新は叫んで、紅鷹の手を振り払い、彼の真っ直ぐな視線を遮るように、手で顔を覆った。

頭が痛い。目の奥が痛い。胸の奥が痛い。

「ここにいる資格がないのは僕だ！　ここにいちゃいけない！」

ぽつりぽつりと、足元に水滴が落ちる。泣く資格だってないのに。

「あらた……？」

あたたかな気配が集まってくる。小さな手が、恐れることなく新の身体に触れてくる。

「あらた、どっかいっちゃうの？　わたし、そんなの、いや」

リコの鈴の音のような声が、震えている。

「どうして？　あたし、あらただいすきよ？」

新の腕をきゅっと摑《つか》んで、風香の心配そうな声がする。

「おれたちのこと……きらいになっちゃったのか？」

いつもは元気な一颯の声が、萎《しぼ》んでいる。

「ぼく、あらた、すき。いっしょにいよ？　ね？」

凪沙が甘えた様子で、新の腕に寄り添ってくる。

真正面から、すん、と洟《はな》を啜《すす》る音がした。

「あらた、どっかいっちゃやだぁ……っ！」

新が手の平から顔を上げると、コンが両手を広げて、頭をぎゅうっと抱き締めてきた。

そのあたたかさに、また涙が出る。子ども達に触れようとして、自分の手を見下ろし、地面に両手を突く。

「あらた、ぎゅーって、だっこちて？」

コンにそう言われて、新は手を上げようとしたが、その手を握り締めて止める。

「今僕は、コンくんを傷つけようとしたんだよ？　許せない。大好きなコンくんを……」

握り締めた手に力が入り、ぬるりと滑る。血が滲《にじ》んでいた。それでも、手の痛みなど感じなかった。それ以上に胸が痛い。——もうどこにも新の居場所などないと叫ぶその胸の奥が、痛くてたまらなかった。

俯《うつむ》く新を、コンはしゃがんで覗き込む。涙を拭《ぬぐ》ってから、その琥珀《こはく》色の瞳が新を映す。

「コンも、あらたとねんねちたとき、きつねびだしちゃった。だいすきなあらたが、やけちゃうとこだったの」

最初に彩柏寺《さいはくじ》に泊まった日だ。コンと一緒に眠っていたら、コンが無意識に出した狐火で火事になるところだった。

コンは血が滲んだ新の手に、自分の両手を重ねた。

「あらたは、このおてが、こわいの？」

「……怖いよ。すごく怖い」

どうしてこんな爪があるのか。どうしてあんな力が出るのか。どうして、それを制御できないのか。どうして傷つけようとしてしまったのか——

思い返すと怖くてたまらず、手が震えた。

滲んだ血も恐れずに、コンは新の手を撫《な》でて、言った。

「こわくても、いいんだよ！」

思わず顔を上げると、コンはにっこりと笑った。新と目が合っただけで嬉《うれ》しそうに。そして新の手を、ぎゅっと握る。

「あのねえ、ゆっくりゆっくり、なれてくの！　これは、あらたの、かっこいくて、しゅっごいところなんだよ！」

聞いたことがある。いや——誰でもない、それは新がコンに言った言葉だった。

「……そ、れ……」

「うん！　あらたが、コンにゆってくれたこと！」

コンも自分の制御できない狐火を恐れていた。そんなコンに、新は活躍の場を作った。花火の火をつける係、お風呂を焚《た》く係。もっともっと、色んな体験をすれば、自身の狐火も怖くなくなるかもしれないと考えた。

——ゆっくりゆっくり、慣れていけばいいんだよ。この狐火は、コンくんのすごいところなんだから。

新の手に、もう一つ、手が重なる。

「リコも、あらた、どっかいっちゃやだ！」

冷静でクールなリコが、声を荒らげていた。

「あらたがいっぱいしっぱいしても、リコ、あらたのことだいすきだもん！」

――リコちゃんがいくら失敗したって、僕はリコちゃんが大好きだよ。

新を怖がらせてしまったことに落ち込んだリコに、新自身がそう言った。

「で、も……」

一颯が、新の腕を掴む。

「あらたは、おれたちのこと、きらいなのか？」

「そんなこと、ない……そんなこと、あるわけないよ！」

一颯の後ろから、凪沙も声を向けてくる。

「じゃあ、だいすき……？」

「大好きだよ！　でも、大好き、だから……いちゃいけないんじゃないか、って……」

傷つけるのが恐ろしい。大好きだから、傷つけたくない、絶対に。

一颯と凪沙は、戸惑う顔を見合わせてから、新を見て首を傾げた。

「だいすきなのに、どうしてどこかいっちゃうの？」

傷つけたくない。でも、それ以上に、大好きなこの子達の傍にいたいのに。

「……わからない……っ」

「あらた」

風香の小さな両手が、新の頬をそっと優しく包んで、顔を見つめてきた。その表情は、幼いのに、どこか大人びていた。

「だいすきでいて、いいのよ。だって、だいすきっていってくれたら、あたし、うれしいもん！　いぶきも、なぎさも、みーんな！　あらたがだいすきっていってくれたら、うれしいんだから！　そのだいすきは、だれにも、ダメっていえないのよ！」

――大好きでいていいんだよ。その気持ちは、誰にもダメだって言えないよ。

人と妖怪《ようかい》、叶《かな》わないかもしれない恋に苦しむ風香に、新はそう言った。

「……全部、僕が、みんなにそう言ったんだよね」

そのすべてが、新の心からの言葉だった。

大好きな子ども達に、どうか自分を責めないでほしくて。どうか自分で自分を認めてほしくて。どうか、自分を大好きでいてほしいからと。

「っ……！」

声にならない。この子達は、新が贈った言葉をしっかり胸に留《とど》めてくれていた。そしてそれを今度は新に向けてくれた。

「なあ、新」

子ども達とは違う低い声に呼ばれて、新は顔を上げた。

「お前がここでおらんようになったら、お前が今まで言うてきたこと、全部が嘘になる。

それがどんだけ酷《ひど》いことか、お前にはわかるやろ。そんで、お前は絶対そんなことせえへんって、俺は信じとるんやけどな？」

紅鷹の色素の薄い瞳《ひとみ》が、視線どころか心まで捉《とら》えるように、強く見据えてきた。

「こいつらに自分の心と向き合わしといて、お前だけ逃げることなんか、俺が許さへん」

怖いほど真剣にそう言ってから、紅鷹はふっと、花が咲くように、口元をほころばせた。

「な。せやからどこにも行くなや。ここにおれ。ここにはお前が必要なんや、新」

「あらた……どこにもいかないで」

五人の子ども達が、ぎゅっと新にしがみついてくる。

「……僕は、みんなの言う通り、すごく弱いんだ。紅鷹さんみたいに、メンタルだって強くない。自分の鬼の力も怖い。きっとまた、物を壊したり、色々失敗してしまうと思う」

自分が怖い。こんな自分が嫌いだ。——だけど。

新は地面から手を離した。

「だけど、僕はみんなことが大好きだから、ここを離れたくない。どこにも行かない。絶対にみんなを、ここを守れるように強くなるから……！」

この鬼の血が怖い。けれどそれ以上に怖いのは、してはいけないのは、紅鷹の言う通り、この子達の心を傷つけることだ。

血が滲んだ手を握ったまま、しがみついてくる子ども達をその腕に抱え込む。

「やっぱり僕は、ここにいたい……っ！」

新の言葉の後、腕の中から嬉しそうな声が聞こえ、さらに強く新を抱き締めてくる。その腕の強さやあたたかさのお陰で、新は自分を少し、許せる気がした。

「アホ！」

明るい声と共に、新の頭にその手が乗せられ、ガサツに撫でられる。

「もうお前は俺と運命共同体や。貴重な労働力、誰が離すかっちゅーねん」

『あらた！』

五人が一斉に新を呼んで、顔を合わせる。

コンが満面の笑みと大きな声で、一番に言った。

「もっとも一っと、ぎゅーってしてぇ！」

「……わかった！」

新は大きな声で答え、言われた通りに五人を抱き締めると、彼らは甲高い声で喜んだ。

それを見た紅鷹も、明るく笑っていた。

エピローグ　みんなのいるところ

裏庭に面する奥の座敷で、新《あらた》は横になっていた。昨日生えた角や爪はもう消えている。なぜ消えたのかと疑問だったが、紅鷹《くれたか》は「酒が抜けたからやろ。ビールで酔うてた時も角出とったけど、翌朝には消えとったし」と見解を述べた。「知らんけど」という一言を添えて。

座敷の蛍光灯はコンの一件で焼き切れ、ガラス戸は割れてなくなっているが、昼間なら戸の代わりに塞《ふさ》いでいる段ボールを外して他の戸も開けておけば明るいし、風も通って心地よい。

昨日の百々目鬼《どどめき》のこともあったが、保育所は変わらず開けていた。五人の子ども達は珠《たま》紀《き》が見ながら、元気に遊んでいる。楽しそうな声が時々聞こえていた。

昨日、珠紀は三姉弟《きょうだい》が呼びにきて、何かあったと察して駆けつけた。しかしすでに百々目鬼は去った後だったため、事の顚末《てんまつ》を紅鷹から聞かされていた。彼女は驚いていたが、今朝彩柏寺《さいはくじ》にやってきた時には、新や子ども達に不安な様子は見せなかった。

「おーい、新、具合どうや？　水持って来たで」

襖《ふすま》が開き、紅鷹が傍に座った。瞼《まぶた》を閉じて、新は力なく彼に答える。

「紅鷹さん……僕はもう、ダメかもしれません……」

枕元にペットボトルの水を置いた紅鷹が、新の手を掴《つか》んで叫ぶ。

「アホ！　お前がおらんようになったら、俺は、ここはどうなる！　あいつらかて悲しむて、昨日言うたばっかりやないか！　おい、新？　新ぁっ！　しっかりせえええええっ！」

「う、うう、う……！」

至近距離でよく通る声が響き、新は呻《うめ》きながら頭を押さえ、力なく彼を睨《にら》んだ。

「うるさいです、頭に、響く……っ！」

「上司に向かってうるさいとは何や。元気づけたろと思たのに」

紅鷹は明らかに面白がった様子で、掴んだ手をポイと放した。

「ふ、二日酔い、つらい……っ」

「痛い思いさせるかもしれんて言うたやろ？」

「こういう痛さだとは思ってなかったですよ……！」

とはいえ、薬が効いてきたのか、寝起きよりは随分と楽になった。喋《しゃべ》ることさえ困難だったが、二日酔いの経験豊富だという紅鷹が色々と処置をしてくれた。

痛みをやり過ごしてから、新は頭を押さえていた手を退けて、紅鷹の顔を見上げた。

「紅鷹さん。僕、今までも、間違ってお酒を飲んで潰《つぶ》れたことはありました。でも、当然、角や爪は生えたりしてません。どうして今になって……」

「妖怪の血が覚醒《かくせい》したから、角も生えるようになった、ってとこちゃうか」

「鬼の角が生えてしまうほど……僕の力は、強くなってしまったってことですか」

「それはお前にとって、怖いことか？　嫌なことか？」

紅鷹の言葉に、新は自分の手を見つめる。

「……怖くないと言ったら、嘘になります。でも……怖いことにも、嫌なことにもしたくないです。僕はちゃんと、この力をコントロールして、みんなを守れるようになりたい」

この力があったから、子ども達を守れた。この力から目を逸《そ》らさず、理解し、受け入れなければいけないのだとわかった。……奇《く》しくもそれは、百々《どど》が言った言葉だった。

「紅鷹さんは……大丈夫ですか？」

百々目鬼は――百々は、紅鷹にとって、信頼する友人だった。そんな彼が急変し、この場所さえも脅かそうとした。

「……まあ、堪《こた》えてへんて言うたら、嘘にはなるがな」

ため息混じりに、正直に胸の内を吐露してから、紅鷹は無理のない笑みを浮かべた。

「何があってもここを守るて、決めたばっかりや。このぐらいでへこたれてられへんやろ。……ちょっと、気になることはあるけどな」

「百々先生のことですか？」

「おう。あいつ、消える前に俺が初めて見る顔しよったんや」

「あの人はずっと本性を隠してたんですから、それは……」

「いや、あいつは狙いを言うてへんかっただけや。せやから、あいつはずっと変わらんテンションで俺に話しかけとった。けど、お前が……」

――紅鷹さんは、もう、あなたのものでもある。あなたももう、紅鷹さんのものだ。

「ああ言った時だけは……動揺したように見えんかったか？」

「どう、でしょう……僕には、わかりません」

目を瞑《つぶ》り、あの時の百々目鬼の様子を思い出す。

彼は無数の目を見開き、新を見つめていた。新には驚いているように、その真偽を確かめているように見えた。それが、紅鷹には動揺したように見えたらしい。

「あいつの性質は、『人のもんを盗《と》る・奪うこと』や。俺はもうあいつを友達か、家族みたいに思とった。あいつも気付かんうちにそう思てたから、動揺したんかもしれん」

そこまで言った後、紅鷹は背後に手を突いて、力を抜いた状態で座り直した。

「……まあ、今のは俺の希望的観測とか、自惚《うぬぼ》れかもしれんけどな」

紅鷹は、新よりもずっと長く百々といた。彼の考えも間違ってはいないのかもしれない。百々目鬼が『百々先生』として、彩柏寺で紅鷹や珠紀、子ども達と共に過ごして、変わっていったのなら。

——そうだったらいいと、新は穏やかな心地で再び目を瞑る。

「あの感情の乱れは、そういうことなのかな？」

穏やかな声と共に、新の額に冷たい物が当てられた。氷嚢《ひょうのう》だ。火照《ほて》った額に、ひんやりと冷たいそれは心地よい。頭痛が少し和らいだ。紅鷹が用意してくれたのかと礼を言おうと思ったが、彼は目を閉じ、腕を組んでいる。

あれ、と新が不思議に思った時、三人目の声がした。

「しかし君はどこまでも、愛されている自信があるんだね、紅鷹」

「おい俺がナルシストみたいに言うなや。単純にお前らがわかりやすいだけ——」

紅鷹はいつもの調子で返したが、不意に言葉を止めて、隣を見た。新もその視線の先を見る。——そこにはいつもの百々の姿があった。

「「ぎゃあああああ！」」

新と紅鷹が同時に叫び、彼から飛び退いて、二人並んで押し入れの襖まで下がった。

新の額から飛んだ氷嚢をキャッチしたのは、見慣れた着物姿。今日はその両目をしっかり閉じている。彼は穏やかに新と紅鷹に微笑んだ。

「何しれっと上がり込んどんねん！　昨日の今日やぞ！　どっから入った⁉」

慌てる紅鷹に、百々目鬼は背後を指差す。

「普通に門から。単純な約定は強いが、融通が利かないのがいけないね。ここも、一度許可した私を入れてしまったんだから。セキュリティはしっかりしたほうがいい」

のんびりとそう言う百々目鬼に、新は恐る恐る問いかける。

「な、何を……しにきたんですか」

百々目鬼は新に顔を向ける。閉じた目のまま、新をひたと見つめていた。

「……紅鷹を奪うことは、少し先延ばしにしようと思う」

「永久に中止にせんかい」

紅鷹の言葉を聞き流し、百々目鬼は新を見つめ続けながら言った。

「新くん。君に、紅鷹はもう私のもので、私も紅鷹のものだと言われた時、私は己の存在が乱された気がした。……あんな感覚は、初めてだったんだよ」

目を瞑っているからか、彼は自分の胸の内を確かめているように見えた。

紅鷹が言った通り、あの百々目鬼の反応は、動揺だったのかもしれない。

「……私は、あの乱れの正体が知りたい。あれは私にとって、初めて『視えなかったモノ』だ。どうしてそんなことになったのか、理由が知りたいんだ」

百々目鬼の表情に、笑みはない。それが演技からくるものかどうか、新には判断がつかないが、その声は真剣さを帯びていた。必死にさえ聞こえた。

紅鷹も強く眉間《みけん》に力を入れながら、百々目鬼を睨むように見ている。

「それで、俺が『かまへん、それがわかるまで、いつまでもここにおったらええ』とでも言うと思とるんか？　いくら身内にあまあまな紅鷹さんでも、さすがにそれは――」

「世間体や書類上のこととはいえ、保育所に医者は必要ではないかな？」

「うっ……！」

強気の表情だった紅鷹の顔に、呻き声と共に亀裂が入る。百々目鬼は冷静に続けた。

「他になり手がいるとも思えない。それに、この村から医者が消えればどうなる？　次に配属される人間はいるだろうか？」

「ぐっ……！　ここだけやのうて、村のじじばばまで人質か……！」

「ちなみに私には、もう以前のような力はない。昨日、子ども達の両親に捕らえられ、ほとんどの目を潰されてしまってね。医師として必要な目しか残っていない」

「「……えっ」」

あまりにさらりと言われたので、紅鷹と揃って反応が遅れた。今、恐ろしいセリフが聞こえた気がする。

「妖怪《ようかい》の世界に人間社会のような優しい法はないからね」

百々目鬼は腕を捲《まく》った。そこには、新と紅鷹には読めない字が直接書かれていた。

「これは治癒の印だ。もっとも、治癒には数十年単位の時間がかかる。私は今、人間並に無力な妖怪だ。紅鷹を奪うと言っても、子ども達にすら勝てないだろうね」

そう言ってから、百々目鬼は新と紅鷹を交互に見た。

「それでも不安だというなら、約定を交わさないかい？　私達三人で」

「コンくん達が約束と言っていたものですか」

「そうだよ。私は今まで通り、ここと村の医者として勤めよう。子ども達には決して危害は加えない。そして、新くんがいないところで、紅鷹を『奪う』こともしない」

「それは……僕が、紅鷹さんを守れということですか」

「頼りないにもほどがないかそれ⁉」

「うぐっ……その通りですけど……！」

正直すぎる紅鷹の言葉が、新の胸に突き刺さる。事実なので言い返せない。そんな二人のやりとりを見て、百々目鬼は笑った。

「言っただろう、私はもうほとんど人間と変わらない。大したことはできやしないし、私の感情の正体も知らなければならない。もしも破れば――」

彼は静かに瞼《まぶた》を開く。赤い瞳《ひとみ》が覗《のぞ》いた。その両目だけは無事のようだ。

「残ったこの両目も潰そう。そうすれば、私という存在さえ消える」

そうまでして、紅鷹を奪いたいのか。いや、百々目鬼はそれ以上に、自分が動揺した理由を知りたがっているように見えた。

瞼を閉ざして、彼はいつもの『百々先生』の顔で笑った。

「平たく言えば、私はここにいたいんだ」

そう言った声があまりに穏やかで優しく、新は驚いた。ただそれだけが望みのように聞こえてしまって、新は思わず、彼を呼んでいた。

「百々先生……」

「そう呼ぶということは、新くんの了承は得たということかな？」

思わず口を塞《ふさ》ぎ、慌てて隣の紅鷹を見る。てっきり怒られるかと思ったが、彼は天井を仰いで手で顔を覆っていた。そして大声で叫ぶ。

「……っだー、もう！　やっぱり俺はトコトンまでアホやな！　やかましい知っとるわ！」

自分で自分を責めて、自分に突っ込んでいる。それが、彼の了承の言葉だった。顔を覆った手を下ろし、紅鷹は新をじっと見つめた。

「ええか新、お前が俺を守るんやぞ。俺は普通の人間なんやからな！」

「が、がんばります……！　けど、紅鷹さんのほうが強そう……」

新が弱々しく答えると、裏庭の方から足音がした。かと思うと、コンの顔が縁側からぴょこっと出てきた。

「なんの、おはなちちてるのー？　あ！　あらた、おきてる！」

コンだけではなく、リコ、風香《ふうか》、一颯《いぶき》、凪沙《なぎさ》も裏庭にやってきた。子ども達を追いかけてきた珠紀が、座敷に座る百々目鬼を見て息を呑《の》む。

「百々先生、どうしてここに……」

「普通に門から入ったんやと」

「結界の条件ちゃんと書き換えときなさいよー！　時々雑なのよあの人達ー！」

コン達の親に怒る珠紀の足元では、子ども達がじっと百々目鬼を見つめている。

「おはよう、みんな」

「せんせい……きょうはこわいこと、しない？」

リコの言葉に、百々目鬼はすっかり『百々先生』の顔で優しく微笑んだ。

「あれはおにごっこだったんだよ。ちょっとだけ、君達を怖がらせてしまったけどね」

百々目鬼の言葉に、子ども達は強張《こわば》っていた顔から力を抜いた。

「なんだー。やっぱそっかー。パパとママがいってたとおりだ！」

一颯の言葉に、百々目鬼を除く大人達は一斉に驚いた顔で子ども達を見る。

「ど、どういうことなの、みんな⁉」

珠紀も焦って尋ねると、リコと風香が、いっそ不思議そうに答えた。

「あのね、きのうのは、ヒナンクンレン？　だったんだって！」

「あたしたちのヤクジョウが、ちゃんとつかえるか、ためしたのよ！　こわいようかいがはいってきても、わたしたちで、やっつけられるようにするの！」

「コンたち、ちゃんとつかえたよっていったら、えらいねーって！　えへへぇ～」

コンはそう言って、照れ笑いを浮かべる。見れば他の四人も同じように笑っている。呆《ぼう》然《ぜん》としているのは新と紅鷹、珠紀だけだ。

紅鷹が綺麗《きれい》な額に綺麗な青筋を浮かべて、拳《こぶし》を握り締める。

「あいつらの親、余裕こきすぎちゃうか……⁉　いくらこいつを無効化したからて！」

「強い妖怪って、力に胡座《あぐら》かいた雑なとこあるのよね。人間側にいるとわかってきたわ」

珠紀も脱力して、手で顔を覆っている。新も思わず遠い目をしてしまう。

「紅鷹さん、僕達、やっていけるんでしょうか……」

「俺はもうとっくに覚悟決めたわ。ええわ、やったるわ。全部背負ったるっちゅーねん」

新が紅鷹を振り返ると、その視線が、「お前はどうや？」と挑戦的に尋ねてくる。そういう目を向けられると、負けられないような気分になる。

「ぼ……僕だって、大好きな人達のために、ここにいるって決めましたから！」

「新……」

紅鷹は一度表情を緩めたが、すぐにがしりと新の両肩を掴《つか》んできた。そして顔を上げると、そこには瞼を限界まで開き、瞳孔《どうこう》まで開いた紅鷹の目があった。

「絶っ…………対、逃がさへんからな？」

「怖い怖い怖い！　そこは二人で頑張って行こう、とかじゃないんですか!?」

ギリギリと両肩に力を込めてくる紅鷹が、何より一番怖くなってきた。新が蒼《あお》い顔をしていると、裏庭から不満そうなコンの声が飛んでくる。

「あらたとくれたか、ふたりでないちょ、ずるい！　コンたちも、いーれーて！」

靴を脱ぎ、小さな体が新と紅鷹に飛びついてきた。

お便りはこちらまで

〒一〇二―八一七七
富士見L文庫編集部　気付
時田とおる（様）宛
安野メイジ（様）宛